真白のはつ恋　子狐、嫁に行く

秋山みち花

幻冬舎ルチル文庫

CONTENTS ✦目次✦

真白のはつ恋　子狐、嫁に行く

✦カバーデザイン＝吉野知栄（CoCo.design）
✦ブックデザイン＝まるか工房

イラスト・高星麻子✦

真白のはつ恋　子狐、嫁に行く

†

山に初雪が舞う頃に、その仔《こ》は生まれた。
まだ目も明かず、耳も小さい。ただの真っ白な固まりだ。
外は凍りつきそうな寒さだが、その仔は母の懐《ふところ》に守られ、すやすやと眠っていた。

†

1

「いけない、もう脩《しゅう》先生のお客様が見える頃だ」

竹箒《たけぼうき》を片手にした真白《ましろ》は、そう呟《つぶや》きながら頭上を仰いだ。

太陽の位置からすると、とっくに昼時を過ぎている。

やわらかな光に溢《あふ》れた空には、ふわんふわんと白い雲が浮かんでいた。風もほとんどなくて本当に穏やかな日だった。

無人となって久しい庄屋の屋敷は、黒瓦《くろがわら》を載せた白塗りの壁に囲まれ、昔の大名屋敷を思わせる豪壮な造りだ。

今日はそこに東京からお客を迎えることになっている。真白はその世話を頼まれ、この何日か屋敷の片付けと掃除に追いまくられていたのだ。

頑張った甲斐《かい》があって、家の中はどこもピカピカになっている。古びた畳などはどうしようもないが、充分快適に寝泊まりができるだろう。

庭の手入れが最後だったので、夢中になっている間に、ずいぶん時間が経《た》ってしまった。

真白は視線を落として自分の格好を眺めた。

着古した絣《かすり》の着物に襷掛《たすきが》け。ずっと掃除に勤《いそ》しんでいたので裾《すそ》も端折《はしょ》っている。長襦袢《ながじゅばん》が剝《む》き出しで、このままでお客様を迎えるのはちょっと気が引けるけれど、村外れにある自分の部屋まで着替えに戻る時間はなさそうだ。

真白は急いで裏手にまわり、竹箒を物置小屋に仕舞った。それから庭の隅にある井戸のポンプを動かして汚れた手を洗う。

襷を外して着物の裾を下ろし、襟《えり》の合わせも手早く整える。そして肩まで届く髪を手で撫《な》でつけた時、ちょうど表から車のエンジン音が響いてきた。

「あっ、お客様、いらしたんだ」

真白は小走りで屋敷の表玄関へと向かった。

立派な長屋門は最初から開け放してある。その門扉をくぐり、白い小型のワゴン車が屋敷の前庭へと入ってくる。

玄関前に停車した車の運転席から降りてきたのは、この天杜《あまと》村で唯一の医者である葛城《かつらぎ》脩だった。

長身の葛城はシャツの上にカジュアルなジャケットを羽織っている。無造作に整えた髪は短めで、細いフレームの眼鏡《めがね》をかけていた。

「脩先生！」

真白は大きく呼びかけながら葛城の元へと駆け寄った。

「おお、真白か。ご苦労だな」

葛城は精悍《せいかん》な顔に笑みを浮かべ、真白の頭に掌《てのひら》を乗せて、くしゃりと髪を掻《か》き混ぜる。

「やだ、脩先生……あっ」

葛城の手から逃れるように大きく頭を揺らせた瞬間、真白は息をのんだ。

助手席からひとりの男がゆったりと降りてくる。

その姿を目にしたと同時、身体中《からだじゅう》にビリビリ衝撃が走った。まるで雷に打たれたかのように強い刺激が全身を駆け巡る。

真白は目を見開いて、その男を見つめた。

葛城と同様に、背が高く引き締まった体軀《たいく》の男だ。真白が今まで一度も見たことがないほど、しゃれたスーツを着ているが、ネクタイはなしだったので、さほど堅い印象は受けない。

驚いたのは男の顔立ちだった。長めの髪をさらりと整え、硬質だけれど、とてもきれいな顔をしている。葛城もかなりのハンサムだが、この男の美貌《びぼう》はそれを上まわっているように思う。

だが、その男は真白に気づくと冷ややかな視線を投げてきた。

「真白、お客さんを紹介しよう」

葛城の言葉で、真白はようやく少しだけ息を吐いた。

何故《なぜ》だか、今すぐ後ろを向いて全速力で逃げ出したくなる。衝動を抑えるのに、真白は落ち着きなく、着物に掌を擦《こす》りつけた。

「近衛《このえ》、この子がおまえの世話をする真白だ。真白、こっちが俺の友人の近衛一成《かずなり》。しばらくこの村で暮らすから、前に言っておいたとおり、おまえがここに泊まり込んで面倒をみるんだぞ？　いいな？」

葛城はそう言って、真白とお客を引き合わせた。

近衛さんていう名前なんだ……。

間近に立たされた真白はドキドキと鼓動を高鳴らせた。それでも了解の印にこくんと頷《うなず》く。

しかし、近衛と呼ばれた男のほうは、なんだかよけいに難しい顔になっていた。

「葛城、私の世話など必要ないぞ」

「いや、そういうわけにはいかん。村にはホテルや民宿などないからな。おまえにはこの家で寝泊まりしてもらうつもりだ。たいしたことはできないが、料理と掃除、風呂の支度ぐらいは真白に世話をさせる」

葛城の言葉に、近衛はますます眉間《みけん》に皺《しわ》を寄せた。

「ホテルや民宿がないなら、おまえの家に泊めてくれればいい。わざわざ私だけのために、無人の屋敷を開ける必要はないだろう」

冷ややかな指摘に、葛城はがりがりと自分の頭を掻いた。

「すまん。おまえをこの村に呼んだのは俺だが、正直言って俺はあまり時間が取れんのだ。村には老人が多いからな。様子を見に行くだけで手一杯になる。それに真白に遠慮はいらない。おまえの面倒はきっちりとみるだろう」

「どうしてもと言うなら、この子ではなく、他の者に頼んでくれ」

ふたりのやり取りを黙って聞いていた真白は不安を覚えた。

近衛は遠慮しているわけではなく、自分がそばにいるのが嫌なのだろうか。

会ったばかりなのに、いきなりこの子はいらないからと拒絶されれば、平静ではいられなくなる。

俯《うつむ》いて、ぎゅっと両手を握りしめていると、葛城がため息混じりに言う。

「悪いが、それはできん。真白の代わりになるような者は、この村にはいないんだ」

「しかし、問題だろう。こんな若い女の子に泊まり込みで世話をさせるなど……あとになって、この子の両親に何かあったと騒ぎ立てられるのはご免だからな」

すっと眉間に皺を寄せられて、真白はさらにぎくりとすくみ上がった。

近衛は自分のことを女の子だと誤解している。でも葛城は、近衛の勘違いに気づくと、さもおかしげに声を立てて笑い始め、説明してくれるどころではない。

困った真白は、懸命に口を開いた。

「あの……っ、ぼ、ぼくは女の子じゃなくて……お、男、だから……っ」

言った瞬間、男の目が驚きに見開かれる。

「……女の子じゃないだと？　だったら、どうしてそんな格好をしている？」

最初の衝撃が去った近衛の表情には、嫌悪に似たものが見え隠れしていた。

じっと見られているのは、真白が身につけている女物の着物だった。

「あ、あの……これは、その……」

真白はかっと羞恥《しゅうち》に駆られつつも、必死に言い訳を始めた。けれど気持ちが焦《あせ》るばかりで肝心の説明がなかなかできない。

横から見かねたように声をかけてきたのは、ようやく笑いを収めた葛城だった。

「真白には親がいない。それと、別に女装趣味があるわけでもない。この村では、ガキの頃は皆、女の子の格好をさせられる。昔からそういう風習はあちこちにあるだろう？　子供が丈夫に育つようにっていう願掛けの一種さ。真白の場合、顔立ちも群を抜いて可愛《かわい》いからな。ほんとの女の子にしか見えんだろうが、安心しろ。こいつにはちゃんと男の徴《しるし》がついている。俺が保証する」

「しゅ、脩先生！」

あからさまな言いように、真白は真っ赤になった。

近衛はそれで納得したのか、あとはもう真白に関していっさいの興味が失《う》せたように視線を外す。

緊張していた真白はほっと息をついたが、同時になんともいえぬ寂しさを感じた。

近衛は真白が男の子だとわかったあとも、迷惑だと思っているようだ。

過疎化の進んだこの村には、ほとんど若い者がいない。十八になる真白に一番年が近いのは今年で三十二歳の葛城で、あとはすべて年寄りだった。

真白は生まれた時からずっと天杜村で暮らしている。隣町の学校には通っていたが、それ以外の場所には行ったことさえない。だから都会では何が流行《はや》っているかも知らないし、若い世代の好みも知らなかった。

近衛は、真白があまりにも田舎《いなか》臭いので呆《あき》れているのだろうか。

しかし、近衛はそれ以上文句を言わず、葛城もこれで滞在は決定だとばかりに、荷室から近衛のスーツケースを下ろしている。

「おい、真白、近衛を頼んだぞ。俺は林田《はやしだ》の婆《ばあ》さんが心配だから、往診に行ってくる」

「わかりました。行ってらっしゃい、脩先生」

真白が返事をすると、葛城はにこっと笑って手を伸ばしてくる。

大きな掌が真白の頭に当てられ、わしわしと髪の毛ごと撫でられた。葛城の場合、これは真白を可愛がっているというより、もう趣味のようなものだ。

「やだ、脩先生。もういいよ、髪の毛がくしゃくしゃになる」

真白は大きく上体を反らして葛城の手から逃げ出した。

ふと気づくと近衛がじっとこちらを見ている。じわりと羞恥が込み上げて、真白はまた頬《ほお》を染めた。

けれど、せっかく世話係として認められたのだ。仕事はきちんと果たさなければならない。

「あ、あの……こっちです。お部屋に案内しますから」

真白がそう促すと、近衛は車のほうを振り返った。

「往診が終わったら戻ってくる。久しぶりなんだ。あとでゆっくり酒でも飲もう。それまで休んでてくれ」

「ああ、わかった」

頷いた近衛と真白に笑顔を残し、葛城はワゴン車に乗り込んで屋敷を出ていった。

ふたりきりで残されると、とたんに緊張の度合いが高まるが、近衛を部屋まで案内しなければならない。

真白がスーツケースを運ぼうとすると、近衛の長い手がすっと伸ばされる。

「いい」

短く遮った近衛に、真白はぎこちない笑みを向けた。

「あの……大丈夫です。ぼくが運びます。こ、近衛、さんは、お客様だから……」

何故か急に恥ずかしさが込み上げて、真白は無理やりスーツケースを引っ張った。その瞬間、伸ばされていた近衛の手に触れてしまう。

「……っ！」

真白は思わず息をのんだ。

指先がほんの少し触れただけだ。なのに、まるで火傷《やけど》でもしたかのような熱さを感じた。

近衛の姿を初めて目にした時と同じように、身体中、強い刺激が走り抜けていく。

スーツケースを落としてしまわなかったのは奇跡だった。

けれども、そのスーツケースはあっさり近衛に奪われてしまう。

「こっちに寄こせ」

「あっ」

近衛は真白が握っていたのとは別の持ち手を使って、重いスーツケースを持ち上げた。

そして真白が呆然《ぼうぜん》としていると、苛立《いらだ》たしげに問いかけてくる。

「部屋はどっちだ？」

「あ、すみません！　こっちです」

真白は弾《はじ》かれたように動き出した。

屋内に入ると、ひんやりした空気に包まれる。

庄屋の屋敷は昔の隆盛を偲ばせるようにどっしりとした構えで、玄関から座敷のあたりまでは書院造りになっていた。

近衛に泊まってもらうのは、その三間続きの奥座敷だ。精魂込めて拭《ふ》き上げた廊下を進む途中、真白は何度も近衛を振り返った。

近衛はキャスターを使わず、軽々とスーツケースを持ち上げている。廊下を傷つけないための配慮だろう。

真白は嬉《うれ》しかったけれど、近衛の雰囲気は相変わらず冷ややかで、感謝の気持ちを伝える隙《すき》もなかった。

濡《ぬ》れ縁《えん》に出て角を曲がったところが奥座敷になっている。

真白は張り替えたばかりの障子戸を開けながら、近衛を振り返った。

「あの……この部屋です」

近衛は無言で頷いた。

スーツケースを室内に運び入れ、さりげなくあたりに視線を巡らせている。

ずっと緊張していた真白は肩を上下させてふうっと息をついた。

そして近衛ににこっと笑いかける。

「ええ、と……この座敷は三つ部屋が繋《つな》がってるから、どこでも好きなように使ってくださいね」

真白はそう声をかけながら、次々と境の襖《ふすま》を開け放った。

襖を全部取り払ってしまえば、大きな広間ができる造りだ。それぞれの部屋は廊下にも面しているので、障子戸を開ければ採光も充分に取れる。

近衛はスーツケースを部屋の隅に置き、ゆったり真白のあとについてくる。

「古いだけあって、いいものが使ってあるな」

近衛が興味深そうに見上げていたのは部屋と部屋の境にある欄間《らんま》だった。大輪の牡丹《ぼたん》の花を刻んだ立派なものだ。

都会とは何もかも勝手が違うだろうから心配だったけれど、近衛はこの部屋を気に入った様子だ。

「天杜村で一番立派な屋敷なんですよ」

真白はさりげなく言ってみた。

「屋敷の持ち主は？」

「村長さんはずいぶん前に亡くなりました」

真白が答えると、近衛はすっと眉《まゆ》をひそめる。

「本当に空き家なんだな……しかし、所有者はどこかにいるだろう？」

「ぼくにはよくわかりませんけど、一族の人は誰も残ってないって……それで、脩先生が管理を任されてるって聞いてます。裏のお蔵にはまだいっぱい調度や道具が残ってるんです。だから、ぼく、お蔵から色々運んできたんですよ？　ほら、あの座卓とか、掛け軸や花入れも、全部」

真白はようやく近衛とまともな話ができたことで、舞い上がりそうだった。

部屋にあるものを次々と指さしながら、最後には奥の部屋にある押し入れも開けて見せる。

「ここにお布団仕舞ってあるんです。敷き布団は村のお年寄りが新しく作ってくれたんですよ？　でも掛け布団は羽毛なんです。脩先生が、掛け布団は綿だと重いからって、用意してくれて。夜になったら、ぼくちゃんとお布団敷きますね？　どの部屋に寝るのがいいですか？　好きなとこ、言ってもらえれば……」

そこまで言って、真白はあとの言葉をのみ込んだ。

背中にピリピリ感じるものがあって、近衛を振り返る。

批判的で冷たい視線とぶつかって、真白はすくみ上がった。

何かいけないことを言っただろうか？

近衛を怒らせてしまうようなことを？

どうしていいかわからず、その場に立ち尽くしていると、冷ややかだった眼差《まなざ》しがすうっとそれる。

「布団の上げ下ろしは勝手にやる。そこまで君の手を煩《わずら》わせるつもりはない」

いくぶん抑え気味ではあったものの、近衛の言葉は相変わらずそっけない。

邪魔だからもう出ていけ。

そう言われている気がして、真白の気持ちは沈み込んだ。

それでも、葛城から近衛の世話を頼まれたのは自分なのだ。これぐらいでめげているわけにはいかないと、真白は食い下がった。

「あの、わからないこととかあったら、なんでも訊《き》いてくださいね」

「ああ」

近衛の反応はおざなりで、真白はますます気落ちした。

やはり、自分がそばにいるのは迷惑なのだろうか。

でも近衛は、ほんの少し前に出会ったばかりの人だ。親しくしてもらうのに時間がかかるのは当たり前。そして、幸いなことに、近衛はこの先かなり長くこの屋敷に滞在する予定になっている。

「ぼく、お茶淹《い》れてきますね」

気を取り直した真白はそう声をかけて、座敷から退散した。

†

夜になり、真白が夕餉《ゆうげ》の支度を終えた頃、葛城がようやく往診から戻ってきた。

葛城は東京に用があって、毎月一週間ほど村を留守にする。今回もそれに合わせて近衛を連れ帰ったのだ。留守中は持病のある年寄りの様子を見られないので、村に戻った日はいつも忙しくしている。

葛城は普段、村外れにある診療所で寝泊まりしているが、今日は近衛がこの村に滞在する初日だ。それでささやかながら歓迎会といった体裁で一緒に食事をすることになっていた。

真白は村人から分けてもらった料理を大皿に移し、いそいそと座敷に運んだ。

台所のあたりは土間もある旧式な造りになっている。そこから座敷のある一角まではかなりの距離があった。

真白は料理が冷めてしまわないように小走りで長い廊下を進んだ。

座敷の前で両膝《りょうひざ》をついて障子戸を開けると、葛城と近衛はすでに酒を飲み始めていた。

「どうだ、この村の印象は？　おまえが前に来た時と何も変わってないだろ？」

葛城の言葉に真白は首を傾《かし》げた。

近衛が以前にもこの村を訪れていたとは初耳だ。

「昔のことはいちいち細かく覚えてない。しかし、まぁ、あの時とはずいぶん雰囲気が違うように思う。人口がまた減ったんじゃないか？」

「まあな、それはしょうがないだろ。ここは典型的な過疎の村だ。ダム建設の計画があった時に、ほとんどの村人がここから離れて町に移り住んだ。残っているのは年寄りだけで、それも年々数が減っていく。いずれは消滅してしまうだろうな、この村も……。いや、今はもう天杜村ですらないか。隣町に吸収合併されて、ただの大字《おおあざ》天杜だ」

葛城は寂しげに言い、ぐいっと大ぶりの杯を干す。

「おまえはこの村に残った者を最後まで看取《みと》るために医者になったのか？」

「まあ、な」

頷く葛城を見やり、近衛も杯に口をつけた。

葛城の父は、この天杜村の中心的な存在である天杜神社の宮司《ぐうじ》だった。葛城は神社を継ぐだけではなく、長い間東京で勉学に励んだ末、医師になって診療所を開いたのだ。

真白はふたりの邪魔にならないよう気を遣いながら、座卓の上に料理を並べた。だし巻き卵に野菜の炊き合わせ、薇《ぜんまい》と糸蒟蒻《いとこんにゃく》の煮物、蓮《はす》のきんぴら。典型的な田舎料理は、村の年寄りから分けてもらったものだ。真白もひととおりの料理はこなすが、年寄りの味付けには敵《かな》わないし、今日は朝から掃除に取りかかっていたので時間もなかった。自分で作ったのは山菜の和《あ》え物《もの》と天ぷらだけだ。

葛城から事前に得た情報によれば、近衛は売れっ子の小説家で、しかも大変な資産家だという。近衛はきっと贅沢《ぜいたく》に慣れているだろう。だから、こんな素朴な料理を気に入ってもらえるかどうか、真白は心配でたまらなかった。

しかし近衛はさほど好き嫌いを言うでもなく、間断なく箸《はし》を進めている。

それでも真白は気になって、ドキドキと胸を高鳴らせながら、ずっと近衛だけを見つめていた。

食事の前に風呂に入ってもらったので、近衛の髪はまだ少し濡れていた。浴衣《ゆかた》も用意したけれど、近衛は自分で持ってきた綿素材のシャツとスラックスを身につけている。

気取らない格好でも、近衛は抜群にかっこよかった。すっと高い鼻筋に、印象的な双眸《そうぼう》。顔立ちも、ハンサムという言葉ではとても足りないほどだ。

じっと見惚《みと》れていると、ふいに葛城がからかい気味に訊《たず》ねてくる。

「真白、どうした？　さっきからずっと近衛のことばかり見つめているな。近衛のことがそんなに気に入ったのか？」

「しゅ、脩先生！」

じろじろ見つめていたことをあっさり暴露され、真白は恥ずかしさで真っ赤になった。

「ま、この村にいる若い者といえば、俺と真白だけだからな。近衛のことが珍しくて仕方ないんだろ」

近衛に向かい、葛城が訳知り顔で言うのへ、真白は慌てて首を振った。

「珍しいなんて、そんな……っ、だって、宅配の人だってたまには村に来るし……ぼ、ぼくはただ、い、田舎の料理が、お口に合うかどうか、気になって……」

恥ずかしさで語尾を途切れさせた真白に代わり、葛城が近衛に訊ねる。

「どうだ、田舎料理は口に合うか？」

近衛はゆっくり頷いた。

「ああ、もちろんだ。こういう料理を口にすると、自分が日頃どれだけよけいな添加物を食べさせられていたかと、思い知らされる」

近衛はそう言ったあとで、山菜の和え物を口に放り込む。

言葉どおり美味《うま》そうに咀嚼《そしゃく》するのを見て、真白はほっと息をついた。

お世辞ではなく、本当に料理を気に入ってくれた様子に、嬉しさが込み上げてくる。

「あ、あの……今日はお野菜ばかりだったけど、明日はちゃんと魚釣ってきます。あっ、お肉がいいなら町まで買いに行きますね。ちょっと時間がかかるから、両方いっぺんには無理ですけど……」

真白は四角い木の盆を胸に抱きしめながら、勢いよく宣言した。

天杜村には万屋《よろずや》が一軒残っているだけで、食材は自給自足が基本だ。村で手に入らないものは麓《ふもと》の町まで調達に行くか、葛城に頼んでネットで注文してもらう。ただし、通常の配達より二日は余分にかかるとかで、生鮮食品はよく考えてからじゃないと頼めなかったけれど。

だが、近衛は何故か不機嫌そうに眉をひそめる。そして真白ではなく、葛城へと視線を巡らせて疑問をぶつけた。

「おい、そんなことまでこの子にやらせるのか？」

「真白はなんでもわりと上手にこなすから心配ないぞ？」

「そんなことを言ってるんじゃない。学校は？　行ってないのか？」

直接責められたのは葛城だが、咎《とが》めるような口調に真白もびくりとなる。

しかし、葛城はこんなことも慣れているのか、平然と杯を干してから疑問に答えた。

「真白は小学校中学校と、ずっと山越えで通っていた。高校には進学せず、今は独学で勉強している」

「おまえがこの子の面倒をみてるなら、高校ぐらい行かせてやればよかっただろう」

「できることならな……だけど高校のある町までは、さすがに通いきれなかったんだ」

葛城の呟きに、近衛は理解できないといったように首を振る。

近衛はいつも怒っているようで怖い。

でも、今の近衛は真白のために怒ってくれている。

そう思ったら、なんだか胸の奥がほんわかするようだった。

でも、葛城が自分のために責められるのは可哀想《かわいそう》だ。

「あの……ぼく、学校はあんまり好きじゃないから、いいんです。脩先生も無理して高校に行くことはないって。だから、ぼくは中学だけで」

そう言って葛城を弁護すると、近衛はまたむっとしたような顔つきになる。

じろりとにらまれて、真白は思わず首をすくめた。

近衛の眼差しは明らかに批判的だ。学校が好きじゃないと言ったことで、呆れられたのかもしれない。

真白はけっして勉強が嫌いなわけじゃない。しかし、真白にはこの村を離れられない事情があって、葛城のように遠くの学校への進学が叶《かな》わなかったのだ。

会ったばかりの近衛にそこまで説明しても仕方ない。

真白はそっと近衛から顔をそむけて立ち上がった。

「ぼく、お酒のお代わり、持ってきますね」

障子戸を開け、廊下に滑り出ると、ひんやりした空気が肌に触れる。

天杜村は標高千メートルを超える。日中の気温が高くても、夜はかなり涼しかった。

「近衛……さん？　でも、先生って呼んだほうがいいのかな……？」

真白は小さく呟きながら、長い廊下を歩いた。

第一印象はなんだか冷たい感じだった。でも、近衛は真白のことでも怒ってくれた。

女物の着物や、学校のことでは呆れられ、嫌われたかもしれない。それでも、近衛は真白の立場を公正に見ようとしてくれたのだ。

葛城をはじめ、天杜村の人々は、親のない真白を家族のように可愛がってくれる。

だから、近衛の反応だけを特別に感じるのはおかしい。

おかしいのだけれど、なんだか胸の奥が弾んでしまう。

「明日は何、作ろうかな……喜んでもらえそうなもの、出さなくちゃ……」

真白は廊下を歩きながら、あれやこれやと考えた。

早起きして、朝食の用意をする前に釣りに行けば、鮎《あゆ》か山女魚《やまめ》の塩焼きが出せる。昼は山で何か採ってきて、夕食には地鶏を中心にした料理……朝、大物の虹鱒《にじます》が釣れれば、お昼は洋風にバター焼きでもいいな……。

近衛さん……、それとも近衛先生？　喜んでくれるといいけど……。
真白の頭の中は、いつの間にか近衛のことでいっぱいになっていた。
近衛に喜んでもらうにはどうすればいいか。
どうしたら、この村を好きになってもらえるか……。
真白は興奮気味に考え続けるだけだった。

2

近衛が庄屋の屋敷に滞在するようになって、一週間ほどが過ぎた。

真白は精一杯世話をしようと毎日はりきっているが、近衛のほうの反応は今ひとつといったところだ。

近衛は売れっ子のミステリー作家。葛城からそう聞いていたが、この屋敷に来てから書き物をしている様子はまったくなかった。

朝は真白が、朝食ができましたよ、と起こしに行くまで座敷の次の間で眠っている。時々、声をかけても起きてこないことがあるから、もしかしたら夜中に小説を書いているのかもしれないけれど。

どんなお話を書いているのだろうか。

真白は拭き掃除の手を止めて、夢見るようにふうっと息をついた。

初日に着物姿でびっくりされたので、今はなるべく男の子に見えるような格好をしている。でも気取った服は持っていないので、プリントTシャツの上からチェックのシャツを羽織っているだけだ。下は洗いざらしのジーンズ。長い髪は後ろでひとつに結《ゆ》わえていた。

できれば近衛の書いた小説を読んでみたいと思う。

しかし、もう一週間になるのに、近衛はよそよそしい態度を崩していない。葛城が一緒の時はさほどでもないのに、真白がひとりだと、滅多に話しかけてももらえない状態が続いていた。

嫌われているわけじゃないのはなんとなく雰囲気でわかる。

真白が作る料理も気に入ってくれている様子で、感謝の言葉も口にしてくれる。

でも、真白がそれ以上のことを何か話しかけようとすると、近衛は決まってすうっと視線を逸《そ》らしてしまうのだ。

葛城とはあんなに親しそうに話しているのに、自分はその仲間に入れてもらえない。真白はそれが寂しかった。

しかし、頑張って世話を続けていれば、そのうち自分とも普通に話をしてもらえる日がくるかもしれない。

あまり大きな声で笑ったりしないけれど、葛城と話している時の近衛は楽しそうだ。

だから、近衛が自分にも笑顔を見せてくれるように、頑張ればいい。そして、いつか機会があれば、近衛の小説を読ませてほしいと頼んでみたい。

近衛のことを考えると、真白の胸はいつもドキドキと弾み出す。

近衛にはこの村を好きになってもらいたい。そうすれば、少しでも長くこの屋敷にいてくれるだろうから……。

けれども、鄙《ひな》びた村には観光スポットもないし、豪華な料理を出せるわけでもない。

前途は多難だと思う。でも、近衛に何かしてあげることを考えているだけで、幸せな気分になる。

真白は最後まで廊下を拭き終え、バケツに雑巾《ぞうきん》を突っ込んだ。

額《ひたい》に滲《にじ》んだ汗を袖《そで》で拭《ぬぐ》いながら外を見ると、今日もいい天気だ。

屋敷の奥庭に巡らせた垣根は低く、まわりにはのどかな山里の風景が広がっている。すぐそばを流れているのは天杜川。水量の多い季節なので、豪快な音が響いてくる。

けれど、その水音に負けじと美しい声を響かせているのは野鳥たちだった。

庭に米を撒《ま》いておくと、たまに餌《えさ》を食べに来る。真白は警戒されているので、近くまで来ることはなかったが、きれいな羽根を持つ野鳥を眺めているのは楽しかった。

甘い蜜《みつ》に惹《ひ》かれて蝶《ちょう》や蜜蜂《みつばち》などの昆虫もよく飛んでくる。

近衛は時々その小鳥や昆虫を興味深げに観察していた。

川向こうには畑が続いているが、村人が少なくなった今は、荒れ地に戻っているところが多い。

その畑の向こうに霞《かす》んで見える山裾にあるのが天杜神社だ。しかし、ここからでは距離がありすぎて社殿の屋根も鳥居も見えなかった。

「そうだ、天杜神社だ。近衛さん、まだ見てないはず」

真白はふいに思いついて、にっこりと笑みを浮かべた。

天杜神社まで近衛を案内しようと思い立ったのだ。

近衛はよく川原を散歩しているが、あまり遠くまで行った様子はない。それにもう天杜神社を訪れていたとしても、隅々まで探検したわけではないだろう。

「あの、すみません」

真白は座敷に向かって大きく呼びかけた。

障子戸は開け放されている。奥を覗《のぞ》くと、近衛は床柱《とこばしら》に背を預け、腕組みをして座っていた。何か考え込むように両目を閉じ、長い足を前方に投げ出している。

真白は縁側から座敷に上がり、再度呼びかけた。

「あの、……」

「なんだ?」

目を閉じたままでうるさそうに訊き返される。

真白はびくりとすくんだが、ふっとひと呼吸してから口を開いた。

「外、すごくお天気がいいんです。あの、天杜神社まで散歩に行きませんか? ぼく、案内しますから」

気後れしそうなのを我慢して一気に最後まで言うと、近衛はひくりと眉を動かす。

「神社など見てまわる趣味はない」

身も蓋《ふた》もない言い方にまた怯《ひる》みそうになったが、真白は懸命に続けた。

「外、歩くだけでも気持ちいいですよ？　神社に興味なくても、美味《おい》しい湧《わ》き水《みず》が出てるところもあるし、奥まで行くと滝もあるんです」

近衛はふっと目を開け、真《ま》っ直《す》ぐに見つめてきた。

「悪いが、行く気はない」

断り方はいくぶんやわらかくなっていたが、近衛との距離は少しも縮まらない。

真白は悲しい思いに駆られた。

この人ともっと何か話したい。

もっとこの人に近づきたい。

何故か、身体の奥深くからそんな欲求が突き上げてくる。

真白は無意識のうちに近衛へとにじり寄り、畳一枚分隔てた場所でぺたんと座り込んだ。

「ぼく、脩先生から、近衛さんが偉い小説家の先生だと教えてもらいました」

「だから？」

そっけなく返されて、真白はしゅんとなった。

近衛の機嫌はよけいに悪くなってしまったようだ。

それでも、少しでも近衛のそばにいたいという欲求が上まわる。

「ぼく……よ、読んでみたい。近衛さんが書かれた小説……っ」

真白は胸にあった思いを一気にぶつけた。

だが、近衛の表情はさらに険しいものになる。

「そんなものを読んでどうする？」

「え……」

氷のように冷ややかな言葉に、真白はびくりとなった。

「だいたい、おまえは今までミステリーなどというものを読んだことがあるのか？」

重ねて訊ねられ、真白は力なく首を横に振った。

小説をまったく読まないわけではない。遠くても、町まで行けば図書館があるし、葛城に頼めばネットでいくらでも本を買ってくれるだろう。

真白はちゃんとした職に就いているわけではないが、生活に必要なお金は葛城が出してくれることになっていた。

詳しい経緯は知らないが、亡くなった母と、葛城の父親との間で、そういう取り決めがなされているのだと聞かされている。

だから、真白だってたまには小説を読むこともあるのだ。ただ、ミステリーやサスペンスものは、今まであまり好きだと思ったことがなかった。

誰かが殺されるというのは、お話の中でも悲しくなるし、天杜村と隣町しか知らない真白にとって、事件の現場となる都会の風景などは、まったくなじめないものだったからだ。

黙り込んだ真白に、近衛は皮肉っぽい視線を投げてくる。

「ミステリーなど好きでもないくせに、私の小説を読むだと？　無駄なことはやめておけ。私に義理立てしての話なら、よけいに無用だ」

冷たい言い方に、真白の気持ちはさらに沈んだ。

ただの興味本位……近衛にはそう思われたのだろう。

それは事実だから仕方ないけれど、興味を持つことさえ禁じられたようで悲しくなった。

近衛がどんな話を書くのか、知りたいと思っただけなのに……。

真白はため息をついた。

本当はもっと親しくなってから頼むつもりだった。いきなりこんな話題を持ちかけたのは失敗だった。

今はこれ以上頼んでも無駄だろう。もっと近衛と話ができるようになれば、その時改めてお願いすればいい。

真白は畳の上に正座して、真っ直ぐに近衛を見つめた。

「ごめんなさい……ぼく、考えなしでした」

「別に謝るようなことじゃない」

「でも、近衛さんにとって小説を書くのは大切なお仕事なのに、いい加減な気持ちで読みたいなんて言って、ぼくが悪かったです。本当にごめんなさい」

真白は丁寧に両手をついて謝った。

頭を下げたままでいると、近衛がふうっとため息をつく。

真白はこの機会にもう少しだけ自分の気持ちを伝えておこうと、顔を上げた。

「あの、ぼく、一生懸命にお世話します！　どこか行き届かないところありませんか？　もし気に入らないところがあるなら、なんでも言ってくださいね。ちゃんと直しますから」

勢い込んで言うと、近衛はふっと眉間に皺を寄せた。

元が整っているので、怒った顔は迫力がある。

真白はびくりとすくんだ。

「おまえは何故そこまで言う？　私のそばにへばりついているのは、葛城の命令だからか？」

「え？　命令じゃないですよ。脩先生は、ぼくに、頼むって言っただけです」

「では、何故そうも熱心になる？」

「だって、せっかくこの天杜村に来てくださったんですし……近衛さんは脩先生の大事なお客様だから……」

蚊の鳴くような声で答えると、近衛はさらに機嫌を悪くしたようだ。

「世話になってすまないと思っている。だが、私の好みに合わせてくれるというなら、放っておいてくれ。私はうるさくされるのが嫌いだ」

取りつく島もない言葉に、真白は唇を嚙《か》みしめた。

小説のことは失敗だったけれど、料理や掃除に励んでいるのは、近衛に少しでも喜んでもらいたかったからだ。

でも、それをうるさいと言われてしまうと、どうしていいかわからない。

寂しい……。

悲しい……。

嫌われたくない……。

そんな感情がごっちゃに込み上げてきて、涙が滲みそうになる。

「……ごめん、なさいっ……ぼく、これからはなるべく……っ」

真白は辛《かろ》うじてそれだけ口にして、逃げるように座敷から退散した。

裏門から外に出て、そのまま真っ直ぐに村道を走り出す。

天杜村は天杜川沿いに細長く拓《ひら》けた村だった。天杜川は町への出口となる場所で大きく蛇行し、そのあたりは山もかなり接近している。昔ダムを造ろうとしていたのもその場所だ。急に川筋が変わるせいで流れが速く、川に沿って細くとおった道は落石も多く、難所となっていた。だが、その難所の上流は、比較的流れがゆるやかで、谷というより盆地に近い土地となっている。

天杜川は村のほぼ中央でいくつかの支流に分かれ、庄屋の屋敷もそこに建てられていた。天杜神社は本流をさらに遡《さかのぼ》った山裾にある。

庄屋の屋敷を抜け出した真白は自然と天杜神社に足を向けていた。

鳥居をくぐると、清浄な気に包まれる。

鬱蒼《うっそう》と茂った森の中に、玉砂利《たまじゃり》を敷いた一本の道がのびていた。

さわさわと木々の葉が風で揺れる音。それにきれいな鳴き声を響かせる小鳥。真白が玉砂利を踏みしめる音がそれに重なる。

本殿まではゆるやかな傾斜が続き、その途中から崩れかけ苔生《こけむ》した石段が刻まれていた。

本殿は屋根や柱の朱色が剝《は》げ、煤《すす》けた印象だが、天杜神社の歴史は古く、村にまだ大勢の人間が住んでいた頃は、それなりの隆盛を極めていたことが容易に窺《うかが》える。

真白はその本殿まで歩き、木の階段にしょんぼり腰を下ろした。

近衛に拒絶されると、なんだか本気で落ち込んでしまう。

今まで見ず知らずの人だったのに、どうしてこんな気持ちになるのかわからない。でも、近衛のことが気になって気になって仕方がなかった。

近衛には嫌われたくない。

真白は切実にそう願っていた。

うるさくするなと言われたけれど、世話は続けてもいいはずだ。

なるべく姿を見せないようにすればいいだろうか。

そして物陰からそっと近衛の様子を眺めているだけなら、許してもらえるだろうか。

真白は何度もため息をつきながら、あれこれと考え続けた。

近衛はしばらくの間この村に滞在すると聞いていたが、それがいつまでかはわからない。真白が嫌われるようなことをすれば、なんの未練もなく東京へ帰ってしまいそうだ。

「はぁ……」

真白がもうひとつ大きなため息をついた時、境内《けいだい》に入ってくる人の姿があった。

「おお、真白かい」

腰の曲がった老婆《ろうば》は杖《つえ》を頼りにしながら、ゆっくり歩いてくる。

「婆ちゃん、お参り？」

「そうさな……そろそろお迎えがきそうな塩梅じゃからの、神さんにようお参りしとかねば……わしは連れ合いも名付け主もとうに亡くしたでな、一日もお参りを欠かせんのよ」

老婆はそう言いながら、真白が腰かけている階段までやって来た。

杖を右手から左に持ち替えて、鈴の綱をつかむ。ガランガランと大きな音を鳴らしたあとで、パーンと小気味のいい柏手《かしわで》を打った。

真白は老婆のお参りの邪魔をしないように本殿の階段を下りた。

天杜村の住人は皆、信心深い。人口が激減し、氏子《うじこ》も数が減ってしまったため、お布施などの収入もろくにない状態だというけれど、境内の草むしりや清掃だけは残った村人が手分けして行っていた。皆、神社に寄進できない代わりに、身体を使って奉仕しているのだ。

「真白、東京から来なさったお客さんはどうかね？　村を気に入ってくださっているかね？」

「うん……ぼくにはよくわかんない」

老婆の問いに、真白はため息混じりでゆるく首を振った。

「若さんの友だちじゃそうだの？」

「うん、脩先生とは中学の頃からのつき合いだって」

「そうか、そうか……若さんのな……」

老婆は盛んに頷く。

村の年寄りは、葛城のことを『若さん』と呼ぶ。亡くなった先代の宮司と区別してのことだ。

お参りを終えた老婆は来た時と同じようにゆったりと鳥居を目指している。真白もそれに歩調を合わせて歩き出した。

まだ境内に留《とど》まっていたい気もしたが、そろそろ屋敷に帰らなければならない。風呂に水を張るのに時間がかかるし、夕飯の支度もしなければならなかった。

近衛から逃げてきたばかりで、まだ気まずさが残っている。顔を合わせるのは怖かった。でも、近衛はもともと真白の顔など見たいとも思っていない。だから、よけいな心配をするほうがおかしかった。

「真白、明日うちで草餅《くさもち》を作るからな。取りに来るといい。東京のお客さんに食べさせてあげればええよ」

「ありがとう婆ちゃん、お客さん、きっと喜ぶよ」

真白はそう言ってにっこりと微笑《ほほえ》んだ。

近衛はあまり甘いものを好まない。草餅を出しても食べてくれないかもしれないが、正直にそれを伝えれば、がっかりするだろう。

いずれにしろ、真白は頼まれた仕事を途中で放り出す気はなかった。

まだ、たった一週間だ。それで、葛城みたいに近衛と親しくできるなんて思わない。

だから、これからも邪魔にならないように気をつけて、誠心誠意近衛の世話を続ける。

そうすれば、近衛はいつかきっと、真白にも心を開いてくれるはずだ。

「じゃあね、婆ちゃん。気をつけて」

老婆と歩調を合わせていた真白は、鳥居をくぐったと同時に元気な声で別れを告げて走り出した。

風呂を焚《た》く薪《まき》は充分に用意してあるから心配ない。今朝釣った山女魚は、桜の枝を薄く削ったものを燃やして煙を当ててある。

葛城にネットで調べてもらってパンの種も仕込んでおいた。あとは竈《かまど》で焼くだけだ。絞りたての牛乳も貰《もら》っておいたので、今日は洋風の料理が出せる。

庄屋の屋敷が近づくにつれ、真白の頭はこれから作る料理のことでいっぱいになった。

少しでも近衛に喜んでもらおうと、色々考えるのが自分でも楽しくなっている。

だから、先ほどの気まずさも徐々に気にならなくなっていた。

裏木戸から屋敷に入り、格子戸をからりと開けて土間に入る。

台所は土間の向こうなので、このまま料理の下拵《したごしら》えを始めるつもりだった。

近衛はどうしているだろうかと気になったけれど、広い屋敷なので、耳を澄ましたぐらいでは様子が知れない。

真白はふうっとひとつ息をつき、中型の鍋を手にした。

過疎化が進み、不便なことが多くなったと嘆く村人もいるが、電気と水道はまだ繋がっている。でも料理に使うのは井戸水のほうがいい。水質は保証つきだというので、なんの心配もなかった。そして煮炊きにはプロパンガスを使い、風呂を焚くのは薪だ。

真白は鍋を持って、裏の井戸に向かった。

ポンプで水を汲《く》み上げようとした時、屋敷の中から思いがけず声をかけられる。

「……おい、帰ってきたのか？　……おい……」

嘘《うそ》……近衛さんが呼んでる？

もしかして、さっきぷいっと出ていっちゃったから、心配してくれた？

「おい、いるのか？」

声は徐々に近くなっていた。

真白は急いで背後を振り返り、近衛の呼びかけに答えようと手を上げた。

だが、その時、突然、胸の奥がぎゅうっと縮むような感覚に襲われる。

「……っ、く……ぅ」

激しく目眩《めまい》もして、真白は大きく身体を揺らした。

手にした鍋が足下《あしもと》に転がり落ち、耳障りな音を立てる。

真白はその転がった鍋を見ていた。

最初は小さかったそれが、何故かどんどん巨大になっていく。

「どうした？　何かあったのか？」

心配そうな近衛の声が聞こえ、真白は返事をしようと懸命に口を開いた。

でも胸の苦しさがひどくて、ろくに息もできない。

そして、真白の意識はそこで、ふっつりと途切れてしまったのだ。

3

「まだ……子犬か……？　いや、犬じゃないな。狸《たぬき》か、それとも狐《きつね》か……？」

庭をささっと横切っていった白い影に、近衛一成は目を細めながら独りごちた。

雨戸も障子戸も開け放ってあるので、座敷の奥まで何か甘やかな花の香りが漂ってくる。

白い影を見たのは初めてではなかった。

今日こそ正体を確かめようと、近衛は濡れ縁まで移動した。

お世辞にも手入れが行き届いているとは言えない庭だが、真白という少年が掃除を欠かさないせいか、そう荒れた印象はない。

さっと視線を巡らせてみたが、白い影はもう見えなかった。しかし、まだそのあたりに潜んでいるかもしれない。

飼い犬ならばさほど悪さもしないだろう。しかし野犬か、あるいは他の野生動物だとしたら、何か食べ物でも漁《あさ》りに来たのかもしれない。

「おい、いないのか？」

近衛は真白に注意しておこうと、短く声をかけた。

「おい、ちょっと来てくれ」

けれども、何度呼んでも真白の返事はなかった。

つい先ほどまで庭のほうから物音がしていた。だから、てっきりその辺にいるものと思っていたのに。

いると思ったところで真白を見つけられなかったのも、これが初めてではなかった。

何日か前に、井戸のあたりで鍋を転がす音がした時もそうだ。

何かあったのかと慌てて外に出てみると、そこにいたのは葛城で、真白の姿はなかった。

しかも、おかしなことに、葛城は真白が着ていた服を手にしていたのだ。

「あの子は？　どこに行ったんだ？」

「真白か……さぁな、俺も知らん」

当惑した様子の葛城に、近衛は眉をひそめた。

「すごい音がしたぞ」

「ああ、それなら、この鍋だろう。乾かしてあったのが風で落ちたんじゃないか？」

葛城は、心ここにあらずといったように答える。

真白の服を握りしめているのがどうにも納得いかず、近衛は再度葛城に詰め寄った。

「あの子はどこへ行った？　その服、あの子が着ていたやつだぞ？　なんでおまえが持っている？」

「あ、ああ、これか……ここに落ちていたから拾っただけだ。井戸水で洗うつもりだったんじゃないか」

葛城は顎《あご》をしゃくって井戸に注意を促す。

けれど葛城はそう言いながらも、しきりと庭の奥を気にしている様子だった。

「いい加減なことを言うな。あの子に何かあったら、どうする気だ？　おまえにとっては弟みたいな子なんだろ？」

近衛は我慢できずに続けた。

東京で生まれ育った近衛には、よく知りもしない人間は警戒してかかるという観念が染《し》みついている。

この村では留守にする時も鍵《かぎ》など必要とはしない。住人はすべて善人で信用がおけるかもしれない。けれども、いくら隔絶した村でも道は繋がっている。不審者が紛れ込んでくる可能性もある。

しかし葛城は、近衛の追及を躱《かわ》すように、大きく息を吐いただけだ。

「そのうち戻ってくるさ。そう心配することはない」

「だがな、葛城」

納得いかずにたたみかけると、葛城はふっとおかしげに頬をゆるめる。

「おまえ、あれが気に入ったのか？　何事にも無関心だったおまえが、珍しいな」

さらりと指摘され、近衛は憮然《ぶぜん》となった。

確かに、村の少年の心配をするなど、自分らしくない。

あの少年は、自分が滞在する家の世話係。いわばホテルか民宿の従業員とでも思っていればいいだけの存在だ。

他人と深く関《かか》わることを避け続けてきた自分が、そんな者の心配をするのはおかしかった。

「そろそろ中に入ろう。ここに突っ立っていても仕方がない。真白が戻ってくるまで、酒でも飲んで待つとしよう」

葛城はなんでもないことのように言い、手にした真白の服を井戸のポンプに引っかける。そして、おまえも来いよと近衛に声をかけて、屋内へと入っていった。

葛城が心配ないと断言するなら、真白の身に何か起きたわけではないのだろう。

近衛はなんとなく引っかかりを感じながらも、葛城に従って屋内を目指した。

白い獣《けもの》の影を見たのはその瞬間だった。

物置小屋の陰から、ささっと飛び出した白い固まりは、あっという間に蔵の裏手へと消えた。目撃したのは一秒にも満たない僅《わず》かな時間で、なんの影なのかはわからなかった。

あの日、真白は二時間ほどしてから、何事もなかったかのように屋敷に戻ってきた。着ていたのは、葛城がポンプに引っかけておいた服だ。

近衛は戻ってきた真白をまじまじと見つめた。けれど、変わった様子はどこにもなく、いつもどおりに甲斐甲斐しく食事の世話をしていただけだ。

葛城が何も訊かない以上、近衛がどこで何をしていたのかと問うわけにもいかなかった。

この辺鄙《へんぴ》な村には不審者などいない。真白は何か用事があって屋敷を離れているだけだ。

近衛は自分自身にそう言い聞かせながらも、真白の気配を探すのを止《や》められなかった。

気になっているのは、最初に真白が屋敷を飛び出していった原因が自分にあるからだ。

近衛は何も真白に対してだけ距離を置こうとしているのではない。他人と関わるのが面倒なだけだ。

しかし、そっけなく追い払おうとした時、真白は傷ついたような顔をした。

まるで捨てられた子犬のように情けない目で見つめられ、何故か近衛まで胸の奥が疼《うず》いた。

少々煩わしいとは思うものの、真白がよくやってくれているのは認めている。

だからこそ、真白に冷たい言葉を投げつけたことを、近衛は後悔していたのだ。

あんな子供を相手に、むきになることはなかった。少なくとも自分のほうが十以上も年上だ。なのに、こちらのほうが子供っぽい真似《まね》をしてしまった。

真白が帰ってきたら、謝罪するつもりだったのに、おかしな成り行きで、結局何もしないままになっている。

近衛はふうっと息を吐きながら、誰もいない庭を見まわした。

樹木に浄化された清涼な空気が満ちている。

野鳥や虫の鳴き声に、さわさわと葉を揺らす風の音。

耳障りな排気音も、いらいらする電子音もいっさい聞こえてこない。うるさくドアチャイムを鳴らされることもない。

ここは忘れられた楽園のような場所だ。

近衛は靴脱ぎ用の大石に置かれた下駄《げた》を履き、庭へと下り立った。

さすがに白い影はどこかへ行ってしまったようだ。

しかし庭をぐるりと見まわすと、躑躅《つつじ》のそばに服の固まりが落ちている。先ほどまで真白が身につけていたシャツとジーンズだ。竹箒も横に転がっている。

近衛は思わず不安に駆られ、大きな声を張り上げた。

「真白！　おい、どうした？　いないのか、真白？　隠れているなら、こっちに出てこい」

まただ。またあの時と同じように、真白がいなくなった。

服だけ残して本人は姿を消す。

当たり前に考えれば、真白は自分で服を脱いで姿を消したことになる。

人さらいに遭ったわけじゃない。あの日もしばらくしたら、ひょっこり戻ってきた。まして、あんな小さな白い影に襲われたわけでもない。

だいたい、村の少年がどうなろうと、自分には関わり合いのない話だ。

それでも、胸の奥に芽生えた不安が拭えない。そして、少なからず動揺している自分に、徐々に苛立ちも募《つの》ってくる。

「おい、女装癖の次は、裸をさらして歩くのが趣味か？」

近衛はことさら強い口調で吐き捨てた。

どう考えようと、結論はそういうことになる。

真白には突然裸になって外を歩きまわる癖があるのだ。多少は常識をわきまえているから、近衛や葛城が見ている時は隠れている。

そう考えればすべて辻褄《つじつま》が合う。

近衛は服を拾い上げ、再度真白を呼ぼうとしたところで、大きく息を吐いた。

真白がどういう奇癖の持ち主であろうと、自分にはまったく関係のない話だ。

こちらに実害が及ばない限り、放っておけばいいだけだ。

近衛は座敷の中へと入り、真白の服をその辺に投げ出した。

苛立ちが治まらず、ぴしゃりと障子戸を閉める。そして次の間まで行って、畳の上にごろりと転がった。

まぶたを閉じると、何故か真白がはにかんだように微笑む顔が浮かぶ。

たかが村の少年だ。ここから退散すれば、もう二度と会うこともない。

そう考えて、真白の面影を振り払おうとしたが、うまくいかない。

他人と深く関わり合うのはごめんだ。

近衛はずっとその主義を貫いてきたが、この天杜村という場所に住む人間だけは例外なのかもしれない。

思えば、葛城という男もそうだ。

葛城は、近衛が通っていた中学に、時季外れの転校生としてやってきた。

他人とは距離を置く。

当時の近衛はすでにそれを徹底していた。

クラスでも誰も寄せつけず、果ては変人扱いされていたほどだが、葛城は何度近衛が無視しても、懲りずに話しかけてきたのだ。

けれど葛城は友情の押し売りをしてくるわけでもない。ほんの少し興味を引かれ、近衛は山奥から来たというおかしな転入生をなんとなく観察するに至ったのだ。

その結果、誰とでも仲がよさそうに見える葛城が、本当は誰も寄せつけていないことがわかった。完全に上辺《うわべ》だけの調子よさ。葛城の人当たりのよさは、ある種の擬態とも言えるほど徹底している。

ある日の夕方、図書館を出るのが遅くなった近衛は、駅までの道を葛城と肩を並べて歩くハメになった。しかしクラスメートだからといっても、話をする必要はない。

近衛は無言をとおすつもりだったが、どういうわけか葛城のほうが突然声をかけてきた。

「相変わらずクールだな、近衛」

「ぼくはひとりでいるのが好きなだけだ」

近衛は仕方なくそう答えた。

だが葛城はくすりと忍び笑いを漏らし、そのあとふいに驚くべきことを言い出した。

「なあ、近衛。今度、俺の実家に遊びに来ないか？」

いきなりなんの脈絡もなくそんな誘いを受け、近衛は思わずまじまじと風変わりな転校生を見つめてしまった。

今までろくに話したこともない。なのに、どうしてこんな展開になる？

「もうすぐ、子供が生まれるんだ。おまえ、その子に名前をつけてやってくれないか」

「は？　おまえ、何を言ってるんだ？　わけわかんないだろ」

つい訊ね返すと、葛城はにこっと邪気のない笑みを浮かべた。

「やっぱりおまえがいい。なあ、来いよ、俺の村に」

どうして親しくもない同級生の誘いに乗ってしまったのか、近衛は今でも不思議に思っている。

だが、冬休みに入ってすぐ、近衛は葛城に連れられて、彼の生まれ故郷を訪ねた。

何年かのうちにダム工事が始まることになっており、いずれは水没する運命の村だった。

葛城の実家は神社で、近衛は優しげな風貌《ふうぼう》の宮司に迎えられた。葛城と血の繋がりはなく、育ての親だという。

天杜村は想像以上に山深く、雪が降り積もっていた。

だが、いよいよ名付けの儀式をやるからと、本殿に呼ばれた近衛は、そこにいた生き物を見て絶句した。

真っ白な犬の子だ。

飴色《あめいろ》の籠《かご》にふんわりとした座布団が敷かれ、その上で子犬がすやすやと眠っていた。純白の被毛に覆われた姿は可愛らしく、近衛ですら思わず抱き上げてみたくなったほどだ。

残念ながら熟睡している子犬は、目を覚ます様子もない。葛城がそっと子犬の背を撫でると、それに応《こた》えるように、ふさふさの大きな尻尾《しっぽ》がぱさりと動いた。

その瞬間、何故か近衛はドキリとなった。

白い斎服を身につけた宮司は葛城から子犬の入った籠を受け取り、祭壇の前に置く。そして錦《にしき》の袋から何やら由緒ありげな直径十センチほどの珠《たま》を取り出して、子犬に抱かせるようにセットした。

「さあ、お願いします。この子に名前をつけてやってください」

宮司に促され、近衛は疑問をぶつけた。

「これはなんの儀式ですか？　これ、犬の子ですよね？　なんで、犬の子にわざわざこんな方法で名前をつけるんですか？」

ストレートに訊ねた近衛に、宮司はちょっと困ったような顔になる。

横から口を出してきたのは葛城だった。

「村の風習さ。えーと、この村で生まれた眷属《けんぞく》は、こうやって命名の儀式をやるんだ。名付

け親は複数の名付け子を持つことはできない。この村ではもう新しく命名者になれる人間はいない。だから、おまえに来てもらった」

葛城はわしわしと自分の頭を掻きながら、ぶっきらぼうに説明した。

命名の儀式だの、眷属だの、おかしな言葉ばかり続いたが、この村になんの関係もない近衛には、どうでもいいことだった。

たかが子犬の名前つけ。だが、わざわざ東京から自分を呼ぶほど、葛城たち村の者にとっては大切な儀式なのだろう。

ここまで来てしまった以上、近衛のほうには特に断る理由もない。

「いいよ。この子に名前をつける」

近衛はさして抵抗もなく引き受けた。

思い浮かんだのは、雪に覆われた山里の風景だった。そこにどんな営みがあろうと、どんな醜い欲望や感情があろうと、雪はすべてを等しく覆い尽くし、穢《けが》れのない銀世界へと変えてしまう。

そうだ。この純白の被毛を持つ子の名は——。

近衛は宮司の誘《いざな》いで、ふわふわの毛の固まりにそっと触れた。

優しい感触と思わぬ温《ぬく》もりに、胸の奥に甘酸っぱい疼きに似たものが生まれ、じわじわと伝わっていく。

近衛は宮司の祝詞《のりと》に続いて、犬の子に命名した。

「……真白……この者を真白と名付け、天杜の眷属に照覧す……」

驚いたことに、名付けたばかりの真白が抱く珠が淡い光を放つ。

光った……あれはいったいなんだ……?

†

蘇《よみがえ》った昔の記憶に、近衛は強く頭を振った。

畳の上で転がっていた身を起こし、長い指で乱れた髪を梳《す》き上げる。

真白……あの時、犬の子につけた名と同じだ。

何故か心臓が不穏な鼓動を刻む。

真白という少年と、真白と名付けた犬の子……。

真白は特別に珍しいというほどの名ではない。

思えば近衛がこの天杜村を訪れたのは、十八年ほど前の話だ。

近衛が名付けた真白は、もうこの世を去ったのだろう。犬の平均寿命は十五、六歳だ。

そして真白は、あの頃に生まれた子供なのかもしれない。

近衛が真白という名を思いついたのは、雪が降っていたからだ。あの銀世界を見た者が、生まれた子に真白と名付けたとしても、少しもおかしくない。

真白の年齢を確かめたことはないが、ちょうど十八ぐらいだろう。

「ふん……おかしな村だ、ここは……のんびりしていて心地いいが……」

近衛はぽつりと独りごちた。

長く友人付き合いをしてきても、腹の底を見せたことのない葛城。それにこの過疎の村で生まれ育った純真な少年、真白……。

近衛が再び真白の姿を思い浮かべた時だった。

ふと外に人の気配がする。

「誰だ？」

鋭く誰何《すいか》すると、怯《おび》えたような答えがあった。

「……ご、めんなさい……真白、です……あ、あの……ぼくの服……探してて……」

近衛はにやりとほくそ笑んだ。

庭に落ちていた服は、座敷の隅に放り投げてある。

近衛は答える代わりに、すっと立ち上がった。

そして、庭から持ち帰った時と同じように、真白の服をつかんだ。

空《あ》いた手ですたんと障子戸を開け放つと、廊下に立っていた真白が驚いたように後退する。

真白は着物姿だった。長い髪を後ろで縛っていると、本当に女の子にしか見えない。

「おまえが探していたのはこの服か？」

近衛はそう問いながら、これ見よがしに、真白の服を突き出した。

「そ、それです。ぼくの服」

「これはさっきまでおまえが着ていたものだな？　それなのに、どうして庭に投げ捨ててあった？」

「そ、それは……あの……」

しどろもどろに答える真白に、近衛は年甲斐もなく意地の悪い気分になる。

「真白、おまえは何故、庭で裸になったんだ？」

「えっ……」

真白はぎくりとしたように青ざめる。

近衛はにやりとした笑みを浮かべながらたたみかけた。

「裸でそこらを歩きまわっていたのだろう？」

「ぼ、ぼくはそんなこと……」

「じゃあ、何故下着まで脱ぎ捨ててあったんだ？」

さらに意地悪く問い詰めてやると、真白は泣きそうに顔を歪《ゆが》める。

「これは全部、おまえのものだ。シャツとジーンズ、下着……」

からかうように、ひらひら目の前で揺らしてやると、蒼白《そうはく》だった真白の頬にかあっと血が上った。

「か、返してくださいっ！」

真白はさっと手を突き出してきたが、近衛はとっさに服を後ろへと隠した。

勢い余った真白がどんと身体をぶつけてくる。

さすがの近衛も体勢を崩し、真白に押し倒されたような格好で畳の上に転がった。

「ああっ、ご、ごめんなさいっ」

馬乗りになった真白は慌てて身体を退《ひ》こうとする。

近衛はその真白の腕をつかんで引き留めた。

「正直に教えろ。何故、おまえは庭で裸になる？」

「ち、違います！　ぼくは、庭で裸になんか」

真白は必死な様子でかぶりを振った。

「嘘をつくな。この前もそうだったんだろう？　井戸のそばでおまえは服を全部脱いでいなくなった。葛城が来た日だ」

真白は懸命に首を振り続けていた。

もぞもぞ身をよじって近衛の上から逃げようとするが、このまま解放してやる気にはなれない。

近衛は真白の腰をかかえ、くるりと体勢を入れ替えた。

今度は真白を押し倒した形だ。

暴れたせいで真白の髪が解《ほど》け、畳の上に扇状に広がっていた。

濡れたような瞳《ひとみ》と視線が合った瞬間、近衛は何故か胸がときめくのを感じた。

真白は着物姿。襟はきっちりと合わさっているが、白い喉《のど》がさらされている。それが少女めいた顔立ちとも相まって、妙になまめいて見えた。

興奮して上気した頬と、甘い息をこぼす半開きの口。そしてキスを誘うかのように、ちろりと覗く赤い舌。

「真白……」

近衛は操られたように、真白の頬を指でなぞり上げた。

それだけでは足りずに、唇の端まで指の腹を滑らせていく。

「……ん、……っ」

真白は苦しげに胸を上下させた。

そして怯えたように顔を歪ませたかと思うと、次には逃げ場を求めて視線を彷徨《さまよ》わせる。

近衛は一瞬で我に返った。

まさか、真白は襲われるとでも思ったのか？

近衛は怒りを覚えた。

いくら可愛い顔立ちでも、真白は男だ。

自分には、男を抱く趣味はない。

「何か勘違いしているようだな。おまえは男だろう？」

近衛は思い知らせるように、真白の着物をまさぐった。

「やっ」

真白は海老《えび》のように腰を折り、突然ものすごい力で暴れ出す。

だが近衛は、足をばたつかせた真白をものともせず、迷いなく中心に手を伸ばした。そして着物の上からぎゅっとそこを握りしめる。

「おまえ、これは……」

近衛が驚きの声を上げると、真白はびくんと震えた。

「いっ、や、あぁあぁ――っ！」

真白の口からまるで断末魔のような叫び声が放たれる。

「真白……」

さすがの近衛も思わず手を引いた。

真白はすかさず身をよじってその場から逃げ出す。

「待て、真白」

呼び止める声など真白の耳には届かない。

濡れ縁から庭に下りた真白は、裸足《はだし》で駆けていった。途中で何度もがくっと膝を折りながらも必死に逃げていく。

真白は欲情していた。手に触れた男の象徴を勃《た》たせていたのだ。

だが真白の年齢なら、なんの前触れもなく身体を変化させてしまうことなど珍しくもない。それであの反応は大袈裟《おおげさ》すぎるだろう。

近衛は今さらながら大人《おとな》げない真似をしたことを悔いた。

自分のほうこそ真白が持つ予想外の色香に惑わされる寸前だったのだ。それを棚に上げて若い真白ひとりを責めてしまった。

近衛はすぐに真白を追いかけた。しかし縁側の大石に置いてあったのは下駄だけだ。これで走っても裸足の真白には敵わない。

近衛は垣根から外に出ようとしたところで、葛城が、これを使えと言って置いていったバイクの存在を思い出した。

急いで玄関にまわって、マウンテンバイクを曳《ひ》き出す。

天杜村の見晴らしは抜群だった。山間《やまあい》の村ではあるが、わりと平坦な地が続いている。ところどころに防風林で囲まれた集落があるが、真白の姿を隠してしまうことはなかった。

しかも真白は天杜川沿いの道、村で一番大きな村道を駆けている。

これならすぐに追いつけそうだと、近衛はペダルを漕《こ》ぐ足に力を入れた。

それにしても、なんという足の速さだろうか。真白は足にまとわりつく着物姿で、しかも裸足なのに、恐ろしいほどの運動能力を発揮している。名のある陸上選手を凌《しの》ぐかもしれない速さだ。

近衛は真白を追いつつ、躍動する肢体の美しさに見惚れていた。

真白は髪を乱しながら、走りに走って、やがて村で一番民家が多く集まる地域までやってきた。

後ろから近衛が追っていることなどいっさい気にせず、真白がわあわあ泣きながら飛び込んでいったのは葛城の診療所だった。

近衛は何故か、すうっと胸の奥が冷たくなるような感覚に襲われた。

診療所の前でマウンテンバイクを降りると、玄関のドアはまだ開けっ放しになっている。

「……脩先生……先、せ……ひくっ、脩先生……っ」

「どうした真白？　何があったんだ？」

「しゅ、先生、ひっく……ぼ、ぼく……ひっく」

「おいおい、そんなに泣いてばかりじゃわからんだろう。何があった？　俺にちゃんと話してみろ」

真白は白衣を着た葛城に取り縋《すが》るようにして泣いていた。

葛城はさも大事そうに真白を支え、髪を優しく梳き上げてやっている。

親を亡くした真白を育てたのは、葛城の養父だったという。子犬に名を与える儀式の時に、

近衛も会っている。

葛城は医者になるまでずっと東京暮らしだったが、ふたりは兄弟同然なのだ。

だから、ショックを受けた真白が頼るのは葛城以外にはいない。

しかし近衛の胸に兆《きざ》したのは、不快な苛立ちだった。

ちょっと触っただけであんな大騒ぎを演じた真白が、全開で葛城に甘えている。

懐《なつ》きたがっている真白を無視し続けていたのは自分だ。それなのに、今になって何故か寂しさを覚えさせられている。

近衛はゆっくり診療所に背を向けた。

だから、他人と関わるのは面倒なのだ。

些細《ささい》なことが原因で、結局真白に振りまわされてしまった。

人とはなるべく距離をおく。

それが一番煩わしくない方法だ。

何故なら、人は期待を寄せれば寄せるほど、平気で裏切るからだ。それに、真摯《しんし》で優しい言葉を連ねる人間ほど信用できない者はない。

近衛が身をもってそれを思い知らされたのは、まだ小学生の頃だった。

近衛家は旧華族という由緒正しい家系を誇り、また企業経営でも大きく成功を収めていた。

近衛の父は若くして一族の当主という立場にあり、近衛はそのひとり息子。何不自由のない生活を送っていたのだ。しかし七歳の時に両親が揃《そろ》って交通事故で他界し、近衛は莫大な遺産を受け継ぐただひとりの遺児として、この世に残されてしまった。

両親の死を嘆く暇もなく、近衛は欲に目の眩《くら》んだ一族の人間たちに取り囲まれた。遺産の管理を目当てに、来る日も来る日も、誰かしらが近衛の機嫌を取りに来る。

幼い近衛にとって、それは苦痛以外の何物でもなかった。大量に与えられる同情の言葉。しかし、近衛が意のままにならないと知ると、今度は掌を返したように脅してくる。

あの頃は本当にひどかった。

だが、しばらくして、近衛は遠縁の若い夫婦に救われた。優しく控えめで絶えず朗らかに微笑んでいるような夫婦だった。彼らはただ近衛を温かく見守るだけで、何ひとつ要求はしてこない。欲深い大人たちに怯えていた近衛も、彼らと接する機会が増えるたび、徐々に心を開いていった。

しかし一年ほどが経った時、近衛はふとしたきっかけで彼らの素顔を知ってしまったのだ。

他の大人たちは、欲が前面に出ているだけましだった。優しい仮面を被《かぶ》った彼らは、もっと巧妙に近衛を取り込もうとしていただけで、大本《おおもと》のところは、他の大人となんら変わりなかったのだ。

お金なんて関係ないわ。一成ちゃんが可愛いの。だから、私たちの子供にならない？

ぼくらは、君を幸せにしてあげたいだけなんだ。

彼らだけは他の大人とは違う。本当に優しい人たちで、なんの打算もなく心から自分を大切にしてくれる。

そう思い込まされていた近衛は、彼らの真の姿を知った時、愕然《がくぜん》となった。

そして、もう二度と他人を信用しない、自分の内側に立ち入らせるような真似もさせないと、決意するに至ったのだ。

そう、一見純真無垢《むく》に見える真白も同じだ。ひと皮剝けば、内にどんな欲を秘めているか、わかったものではない。

きたないものを見せつけられてがっかりするぐらいなら、最初から近づけなければいい。

自分にさほど関わりのない者ならば、何を見せられても落胆することはない。

それだけのことだ。

4

「もう落ち着いたか？」

白衣を着て腕組みをした葛城に訊ねられ、真白はこくんと頷いた。

わあわあ泣きながら診療所に駆け込んだので、葛城はさぞ呆れているだろう。

診療所は今いる診察室の他に、レントゲン室と手術室、それと待合室があるだけの小規模なものだ。待合室は村人の情報交換の場ともなっているので、比較的ゆったりとスペースが取ってあった。

看護師はいない。それゆえこの診療所でできることには限度があり、手に負えない場合は、葛城が自ら車を運転して町の病院まで患者を送っていた。

葛城は医大を卒業後にこの診療所を開き、以来、実家の神社ではなく、診療所の裏手に二間だけの家を建てて住み込んでいる。

清潔さは保たれているものの、診察室は雑然とした印象だ。

診察用の椅子《いす》に座った真白は、今さらのように羞恥を感じて身体を縮こませていた。

「さて、何があったか、そろそろ言う気になったか？」

部屋の中でお湯を沸かした葛城は、そう訊きながらハーブティーを淹れる。

ティーバッグを残したままのマグカップを手渡され、真白はかあっと頬を染めた。

葛城は兄のような存在で、昔からなんでも相談してきた。だから、近衛から逃げ出してきた理由も話さなくてはならない。

それでも、あんな恥ずかしいことになったのを、どう伝えていいかわからなかった。

「真白、どうした？」

葛城は自分でもハーブティーに口をつけながら、根気よく真白の返事を待っている。

「……変化《へんげ》……ひどくなってきて……自分ではコントロールできない……いつも、突然変わってしまう……」

つっかえつっかえ訴えると、葛城は深く息を吐き出す。

「そうか……まぁ、そうだろうな、とは思っていた」

「……さっきも庭で掃除してたら急に変わっちゃって、しばらく隠れてた。そしたら、近衛さんがぼくの服を持ってっちゃって……元に戻ってから、ぼく着物に着替えて、服を取りに行ったんだ。でも……、でも……っ、こ、近衛さんが……っ」

死にそうなほどの恥ずかしさを思い出し、真白はまたしゃくり上げた。

「真白、近衛がどうしたんだ？　ちゃんと言ってみろ」

「こ、近衛さん……から、服を取り返そうとした時、こ、転んで……っ、近衛さんに、さ、触られた……ぼ、ぼくの身体、おかしいんだ……変化もしてなかったのに、おかしくなって……だ、だって近衛さん、男……男なのに、……ぼく……おかしい……」

途切れ途切れで懸命に説明すると、葛城はふっと眉をひそめる。

「おまえ、それは近衛を見てあそこが勃ったってことか？」

あからさまな言い方に、真白はさらに赤くなった。

葛城は真白の顔色だけで事情を察したのだろう。急に難しい表情となって黙り込む。

不安を煽《あお》られた真白は、縋るように葛城を見つめた。

「やっぱり変なんだ、ぼくの身体……」

「別にあそこが勃ったぐらい、どうということはない」

「でも、そうなるのは、お、女の人を見た時でしょ？　脩先生、前にそう言ってたもん」

「必ずしも相手が女とは限らない。世の中には男を見て欲情する者もいる。だから、おまえの身体が異常というわけじゃないんだ。しかし……」

考え込むように言葉を途切れさせた葛城に、真白の恐れはさらに増した。

勃起《ぼっき》してしまったことはなんでもない。そう教えられても、安堵《あんど》するどころではなかった。

最大の問題は、そんなことではなかったからだ。

「……脩先生……ぼく、どうなっちゃうの？」

真白は唇を震わせながら訊ねた。

葛城は眼鏡の奥からじっと真白を見つめ、またひとつため息をついてからようやく口を開いた。

「真白、おまえには酷かもしれないが、どうしようもない」

「どうしようもない？　そ、そんな……っ」

「おまえは命名者と長く離れすぎていた。もう霊珠《れいしゅ》に保持されている《気》が枯渇《こかつ》寸前なんだ。このままいけば、そのうちおまえは《人》としての姿を保っていられなくなる」

「それじゃ、ぼくはもう……」

絶望的な指摘に、真白はそれきりで声もなく涙をこぼした。

葛城が慰めるように頭を撫でてくれたけれど、涙はいっこうに止まらなかった。

「真白、泣くな。まだ方法が残ってないわけじゃない。そのために、わざわざ近衛をこの村に呼んだんだ」

「近衛、さん？」

真白は泣きはらした目で小首を傾げた。

葛城が何を言おうとしているのか、さっぱり見当がつかない。

「おまえには教えてなかったが、近衛こそがおまえの命名者だ」

「ええっ？」

さらりと告げられた事実に、真白は目を瞠《みは》った。

「十八年前、おまえが生まれた時、真白という名をつけたのは近衛なんだ」

「近衛さんが、ぼくの？　嘘だ……だって、そんなの、全然知らなかった……近衛さんが、ぼくの……」

にわかには信じることができず、呆然と訊き返す。

真白にとって命名者は特別な存在だった。

命名の儀式によって、命名者と名付け子の間には深い繋がりができる。

通常、その繋がりは永遠のものとされ、どちらかが死に至るまで結ばれた絆《きずな》が続くのだ。

「おまえが《人》として生きていくには、霊珠から放たれる《気》が必要だ。そして霊珠におまえが必要とする《気》を送れるのは、この世でたったひとり、おまえの命名者である近衛だけだ」

葛城はしんみりとした調子で言葉を紡《つむ》ぐ。

霊珠は天杜神社に納められている神宝だった。太古の昔には千以上の霊珠があったとされるが、今神社に残っているのは数十。そのうちのひとつが真白の命名に使われた。

真白はただわなわなと唇を震わせているだけだった。

「命名者と名付け子の双方がこの天杜村、つまり霊珠のごく近くに住み続けていれば、なんの問題もなかった。だが、おまえが生まれた当時、この村はすでに過疎化が進んでいた。ひとりの人間が複数の名付け子を持つことはできない。天杜村にはおまえの命名者となれる者が誰もいなかったのだ。オヤジは一計を案じ、俺に命じた。誰でもいいから、おまえの命名者となれる人間をこの村に連れてこいとな」

真白は呆然となっていた。

近衛は葛城の中学時代からの友人だと聞いている。そして、近衛は昔、一度だけこの天杜村を訪れている。それは紛れもなく、自分の命名の儀式のためだったのだ。

胸の奥からじわじわと喜びが込み上げてくる。

あの近衛が自分の命名者だった。

それが、素直に嬉しかった。

けれど、単純に喜んでばかりはいられない。

「脩先生、……こ、近衛さんは……知ってるんですか？　……ぼくの、本性《ほんせい》のこと……」

恐る恐る訊ねると、葛城はあっさり首を横に振る。

「知らん。あいつはごく普通の人間だ。この村の秘密やおまえの本性のこと、説明したところで無駄だろう。こっちの頭がおかしくなったと思われるのがオチだ」

「それじゃ、何も知らないで命名の儀式を……？」

「ああ、そうだ。騙《だま》すようで悪いとは思ったが、詳しい説明はしなかった」

葛城は自嘲《じちょう》気味な笑みを浮かべる。

自分の友人を騙さなければならなかったという罪悪感でいっぱいなのだろう。

けれど、それも葛城自身が悪いわけじゃない。すべては真白のために犯した罪だ。

真白もまた強烈な罪の意識にとらわれた。

近衛は何も知らされず、命名者にさせられたのだ。それがこの先どういう意味を持つようになるか、真白にはわからない。

「脩先生、ぼく、どうしたら……」

「とにかく近衛にはまだ何も言うな」

「このままずっと、隠しておくんですか？」

真白は不安なままで問い返した。

葛城は眼鏡の奥の目を細め、淡々と答える。

「村にはおまえに名前をつけられる者がいなかった。仕方がなかったとはいえ、近衛は外部の人間だ。この村がどういう村なのか、まだ知られるわけにはいかない。近衛は信用できる人間だ。しかし、万が一ということがある。悪気がなくとも近衛の口から村の秘密が漏れてしまう可能性もあるからな」

親友を切って捨てるような言い方をした葛城は、苦しげに見えた。

本当は、秘密など持ちたくないのだろう。でも、葛城は村のために、近衛に秘密を明かさないと決めた。

真白だけじゃない。天杜村には他にも真白と同じように、本当の意味で《人》ではない者がまだ住んでいたからだ。

もし、秘密がばれたらどうなるか。

いくら世間知らずの真白でも容易に想像がつく。

興味の対象としてさらし者になる。科学的な研究対象として捕らえられ、身体を徹底的に調べ尽くされるかもしれない。そして最後には異端として狩られてしまうかもしれないのだ。

真白は襲い来る嫌な想像に、ぶるりと背筋を震わせた。

「いいか、真白……おまえはとにかくなるべく近衛のそばにいるんだ。それと近衛を天杜神社に連れていけ」

「近衛さんを神社に?」

「ああ、普通なら、命名者の《気》はこの村のどこにいても霊珠に届く。だが、近衛とおまえは長い間離れていた。だから、おまえの身体に《気》を取り込む道、みたいなものが塞《ふさ》がってしまったのかもしれないな。双方ともに霊珠に近ければ、当然流れる《気》の量も多くなる。ショックを与えて錆《さ》び付いた道を復活させる。ま、そんなところだ」

真白は胸に手を当てて俯いた。

葛城の話には説得力があったが、素直に喜ぶわけにはいかなかった。

近衛が命名者だったことは嬉しいけれど、自分の都合で近衛を利用するのは心苦しい。

「近衛を神社に連れていっても、なんの効果もないなら、最後にもうひとつだけ有効な手段が残っている」

「有効な手段?」

おうむ返しに訊ねると、葛城がにやりと笑う。

「ああ、おまえも聞いたことがあるだろう。名付け子が一番幸せになる方法は、命名者と番《つがい》になることだと」

悪戯《いたずら》っぽく言われた言葉に、真白はとっさには反応できなかった。そうしてなんの話か頭に入ったとたん、心臓が爆発したように高鳴り出す。頬もまたいちだんと赤くなって、息をするのも苦しかった。

「だ、だって……そ、そんなの……絶対に、ありえない」

「別にありえなくはないぞ？　さっきも言っただろう。番になるのは、何も牡《おす》と牝《めす》の組み合わせでなくてもいい」

近衛に触れられてパニックになったのは、ほんの少し前の話だ。

どうしていいかわからず、泣きながら診療所に飛び込んできたばかりだった。

それでいきなり近衛と番になるなどと言われ、呆然をとおり越し、頭が真っ白になってしまいそうだ。

「真白、そう驚くことでもない。とにかく、最後にはそういう手段もあるってことだけ覚えておけばいい。霊珠を介しても《気》を取り込めないなら、近衛と番って直接それを貰ってしまえばいいんだ。そのほうがより確実だしな」

「…………」

葛城は気やすい調子で言ったが、真白は胸を大きく上下させるだけで、返事をするどころではなかった。

冗談めかした言い方をしたのは、真白をあまり深刻にさせないための配慮だろうが、それは少しも効果を発揮しなかった。

近衛と番う……。

真白はふるふるとかぶりを振った。

そんな恐ろしい想像はできない。

「真白、あまり深く考えるな。大丈夫だ。なんとかなる。俺は死んだオヤジから、この村の者を守るように頼まれた。それにおまえは特別だ。俺にとっては弟同然の存在だからな。いざとなれば、俺が絶対におまえを守ってやるから安心しろ」

「脩先生……」

力強い言葉に、真白はようやく微笑んだ。

そうだ。何も心配することはない。

自分はこの天杜村で生まれ、天杜村で育った。村の人々に守られながら……。

そして、葛城こそが、この村そのものを守ってくれる人なのだ。

近衛のことだって、一足飛びに番になるなどと考える必要はない。その前にまだやれることが残っている。

近衛を騙して利用することには罪悪感を覚えるが、それでも今の真白には命名者の存在が必要だった。このまま変化が続けば、自分はいずれ《人》でないものになってしまう。

近衛から《気》を貰う。そのお返しに、自分にできることがあるなら、なんでもしてあげたいと思う。

とは言うものの、特別なことがやれるわけじゃない。

だからせめて、近衛が快適に過ごせるよう、大切に世話したい。今よりもっともっと心を込めて近衛に尽くしたかった。

そうして、いつか近衛にも、自分が名付け子であることを知ってもらえればどんなにいいか……。

とにかく頑張ってみるしかなかった。

†

その日の夕方、真白はなるべく普段と変わりないように気遣いながら、近衛のための夕食を整えた。

まだ面と向かって顔を合わせるのは恥ずかしい。近衛が命名者だとわかって、よりいっそう慕わしさが増していたけれど、その分さらに羞恥も大きくなっている。

あんなことぐらいで大騒ぎをして、近衛はさぞ呆れたことだろう。それどころか馬鹿なやつだと嫌われたかもしれない。

気になることが色々あって、頭がパンクしそうだったが、最後には近衛に会いたいという欲求が勝った。

診療所へ行ったりしたので時間をかける料理はできなかった。それでも帰りがけにクレソンや他の葉物野菜を採ってきた。それでたっぷりサラダを作り、自家製のトマトソースであっさりしたパスタも作る。一緒に出すのは、葛城に取り寄せてもらったワインだ。

洋風の料理は作り慣れていないけれど、田舎臭いものだけでは近衛に飽きられてしまう。だから何事も挑戦だ。

真白は長方形の大きなお盆に料理の皿とワインのボトル、グラス、カトラリーも全部載せて急ぎ足だけれど、慎重に廊下を進んだ。

座敷に着いて、いったんお盆を置き、小さく呼びかける。

「あの……夕飯、できました……」

奥から、ああ、と短く答える声があり、真白は気持ちを落ち着けるためにこくんと喉を上下させてから障子戸を開けた。

近衛は床柱に背を預けている。先ほど諍《いさか》いがあったことなど忘れてしまったかのように淡々としているだけだ。

真白はちらりと近衛を目にしただけでドキンと鼓動を跳ね上げた。

意識しすぎると、またパニックを起こしそうだから、慌てて視線をそらしながら、お盆を持って部屋に入る。

座卓の上をさっと拭いて、料理の皿を並べ始めたところで、珍しく近衛のほうから話しかけられた。

「おまえはいつもどこで食べている？」

「え？」

「夕食だ。私の分だけじゃなく、おまえも同じものを食べているのだろう？」

質問の中身が単純だったので、真白はほっと息をついた。

「自分の分はあとで食べられるように残してあります」

だが、真白がそう教えたとたん、近衛は不機嫌そうに眉をひそめた。

「台所で食べているのか？」

「はい」

「ひとりでか？」

真白はこくんと頷いた。

近衛はすっと立ち上がり、座卓についた。そうして真白のほうは見ずに命じる。

「おまえの分もここへ運んでくればいい」

「えっ、でも……」

「早くしないと、せっかくの料理が冷めるぞ」

真白は目を見開いた。

信じられないことだが、近衛は一緒に夕食を取ろうと言ってくれたのだ。

「すぐに持ってきます！」

真白は嬉しさのあまり、上《うわ》ずった声を上げながら座敷から飛び出した。

真白は神社の中にある葛城の生家で暮らしていたが、今は近衛の世話をするために、この屋敷の離れで寝泊まりしている。近衛が急に真白の手を必要とした時、即座に応じるためだ。

今まで近衛は真白を遠ざけようとするだけだったのに、初めて気にかけてくれた。

真白は先刻の気まずさも忘れ、有頂天になっていた。

近衛と一緒に食事ができる。近衛のそばにいられる。

そう思っただけで心臓が破けそうなほど高鳴っていた。

急いで台所に取って返し、残しておいた自分の分のパスタとサラダを超特急で皿に盛る。

それから小走りで座敷へ向かった。

部屋に入る前に一度深呼吸する。そして真白は座卓の端を自分の席に決め、ちょこんと大人《おとな》しく正座した。

近衛は真白を待っていたらしく、すべてが整ってからワインのボトルに手を伸ばした。そして自分でグラスに注《つ》いで、ゆっくり回転させてから口をつける。

近衛がこくりと喉仏を上下させるのを、真白はじいっと見入っていた。

「悪くない。これは葛城が注文したのか？」

訊ねられた真白はまたこくんと頷いた。

造り酒屋はとっくに廃業している。だから村で手に入るのは、梅酒など、果物や薬草を漬け込んだものだけだ。他の酒類はすべて葛城が手配する。

「ふん、葛城はまるで万屋のようだな」

「あの、万屋のお爺《じい》ちゃんは腰を悪くしてるから、お酒とか重いものはもう注文できないんです。それで、脩先生が」

「別にそういうことを言っているわけではないんだが」

「あ、すみません」

慌てて謝ると、近衛はじっと見つめてくる。

真白は息をするのも忘れ、近衛を見つめ返した。

「……おまえは？　ワインを飲まないのか？」

ふいに訊ねられ、真白ははっと我に返り、激しく首を左右に振った。

近衛を見つめているだけで、何故だか喉の奥がからからに渇いてしまう。ちゃんとした返事もできないぐらいだ。

「おまえはいくつだ？」

「あ、あの十八、です」

「二十歳《はたち》までは酒を飲まないつもりか？　葛城はそんな真面目《まじめ》なやつでもなかったと思うが……」

近衛の口調が急に皮肉っぽくなって、真白は不安を感じた。

もっと気の利いたやり取りをしたいのに、受け答えすらまともにできない。

こんなふうでは、自分がそばにいると、食事がまずくなるかもしれない。

だが近衛は、それ以上飲酒について話題にすることもなく、料理の皿に手を伸ばした。

くるくるっと器用にフォークを操って、パスタを口に入れる。

「美味いな、このトマトソース」

ぽつりと放たれた言葉に、真白はほっと肩で息をついた。

いつも冷たい雰囲気の近衛が、今はやわらかな表情を浮かべている。見れば見るほどかっこいい近衛に、自然と頬が熱くなるが、緊張は解けていた。

「この前、村の人から分けてもらったトマトなんです。長くは置いておけないから全部煮詰めてソースにしました」

「手作りか、なるほどな……混じりけのない無農薬のトマトで作った贅沢品というわけだ」

感慨深そうに言う近衛に、真白は首を傾げた。

「贅沢ってどうしてですか？　トマトはいただいたものだし、ぼくはただそれを煮詰めただけだから、お金なんてかかってません」

「都会では、そういうものを口にしたくともできないんだ。もし、これと同じものを食べたいと思ったら、どれだけ費用がかかるかわからない」

近衛はおかしげに頬をゆるめた。

滅多に笑顔など見せない近衛が微笑んでいる。真白は我知らずそのきれいな微笑に見惚れた。

「おまえ、料理を勉強してるのか？」

「あ、はい……ぼく、洋風の料理なんてしたことないから」

「それも私のためか？」

「だって、毎日和食だと飽きますよね？」

真白の答えに、近衛はやれやれといったように首を振る。

別におかしなことを言った覚えはないけれど、近衛の機嫌を悪くするような真似はしたくない。

「ご、ごめんなさい」

思わず謝ると、近衛は眉をひそめた。

「何故、謝る？　おまえは別に悪いことをしたわけではないだろう」

「あ、でも……」

「卑屈になる必要はない。おまえは葛城のために、精一杯私に尽くしてくれているのだろう。前にうるさくするなと言ったことは謝ろう。おまえには感謝している」

真白は目を見開いた。

今まで一生懸命にやってきたことを認めてもらえたのだ。それが例えようもなく嬉しくて、じわりと涙が滲んでくる。

真白はしばらくの間、何も言えずにただ唇を震わせていた。

近衛がそれを見咎め、憮然としたように目を眇《すが》める。

「おまえは、また泣いているのか？　何故だ？　私は別におまえを責めたわけじゃない。まったく……どう扱えばいいのか、さっぱりわからん」

「ご、ごめんなさい。違うんです。ぼく、悲しくて泣いていたわけじゃないです。嬉しかっただけですから！」

真白は着物の袖で涙を拭いながら、懸命に言い募った。

せっかく少しは歩み寄ってもらえたのに、こんなことで台なしにしたくない。

近衛は深いため息をついた。

「早く食べないと、せっかくの料理が冷えてしまうぞ」

料理に注意を向けられ、真白もほっと息をついた。

あまり欲張っても仕方ない。

今日は一緒に食事をしようと言われただけで満足するべきだ。あまつさえ、感謝しているとまで言ってもらったのだ。

これ以上、何を望むことがあるだろう。

「ぼくも、いただきます……」

そう言って両手を合わせた真白に、近衛はほっとしたように息を吐く。

ぎこちなさは拭えない。

でも近衛は、今までにない気遣いを見せ、優しい言葉もかけてくれた。

おそらく、近衛からの歩み寄りは昼間の一件に起因しているのだろう。それでも、まだ全面的に心を開いてくれたわけではない。

これはまだ始まりの一歩に過ぎなかった。

5

頻繁になる一方だった変化が原因で、近衛との関係がほんの少し変わってきた。

近衛は真白に気を遣うようになり、今はずっと一緒に食事もしている。

そして一週間ほど経って、真白はとうとう近衛を天杜神社に連れ出すことに成功した。

「天杜神社なら昔行ったことがある。別にたいして見るところもないだろう？」

「神社はそうですけど、裏の御山に入ると気持ちいいですよ？」

にっこり笑って告げた真白に、近衛は何か言い返したそうだったが、結局は黙り込む。

あまり乗り気でないのは最初からわかっている。でも、否定はされなかった。それは、このままでもいいということだ。

近衛の反応はすごくわかりにくい。何に対しても、近衛が自ら積極的に行動することはないし、何が好きで、何がしたいのかもほとんど口にしない。

でも、嫌なことがあれば、近衛ははっきり嫌だと言う。だから真白は都合のいいように解釈することにしたのだ。

「神社まで歩くと三十分ぐらいかかりますけど、近衛さん、大丈夫ですか？　自転車、使います？」

「いや、いい。おまえに気を遣われるほど、体力不足でもないだろう」

いくらか憮然とした様子の近衛に、真白は微笑んだ。

「それじゃ、ゆっくり歩きましょう」

真白はそう言って、天杜神社に向かって村道を歩き出した。

近衛は綿素材のシャツに紺色のカジュアルなパンツという軽装だ。真白も今日は白のシャツにジーンズを穿《は》いていた。

背の高い近衛と並んで歩く。

たったそれだけのことで、どうしようもなくわくわくした。

ゆるやかに蛇行する天杜川沿いに、村で唯一の舗装道路がとおっている。だが、車は一台も走っていなかった。

村で自家用車を持っているのは、万屋と葛城だけだ。しかも、万屋も診療所も町寄りだ。なので村の奥で車を見かけることは少なかった。

蟬《せみ》がうるさく鳴く季節になっていたが、標高があるせいか、空気はからりと乾いていた。流れの速い天杜川からは涼しく爽《さわ》やかな風も吹いてくる。

何かしゃべると、この心地よい魔法が解けてしまうかもしれない。

だから真白は、時折そっと近衛の顔を盗み見るだけで、ずっと口を結んでいた。

近衛のそばにいられるだけで、どうしてこんなにも幸せなのだろう。

それは、近衛が命名者だから？

でも、近衛に対する慕わしさは、彼が自分の命名者なのだと知る前からあった。

近衛は引き締まった長身を誇り、顔立ちもうっかりすると見惚れてしまいそうなほど整っている。高い鼻筋に形のいい眉。極めつけは理知的な双眸で、何かの拍子にすっと見つめられただけで、心臓がドキンと跳ね上がる。

こんなにステキな人はいない。

もちろん、葛城もステキだけれど、近衛は何もかもが特別だと感じてしまう。

「本当に誰の姿もないな……まるで異世界にスリップしてきたかのようだ」

横を歩く近衛が何気なく村の印象を漏らす。

話しかけられたことが嬉しくて、真白は笑みを深めた。

「村の人はみんなもう年ですけど、まだ元気に畑仕事をしてますよ？　でも、この辺の畑はもう持ち主がいなくなってて……」

真白が説明すると、近衛はさして興味もなさそうに、ふうんと頷く。

「あっ、そうだ。いつも貰ってるトマト、神社の近くの畑なんです。お婆ちゃん、まだまだ元気だから、毎日畑で働いてます。きっと今日もトマトの出来具合を見てると思う」

真白はそこまで言って、ふと言葉を切った。

近衛にはどうでもいいことなのに、つい興奮してしまった。

呆れられただろうかと、そっと様子を窺う。

いつ見ても端整な顔には、やわらかな表情が浮かんでおり、真白は胸を撫で下ろした。

近衛のことが気になって仕方ない。自分でも異常だと思うほど、近衛が口にする言葉や表情が気になっていた。

近衛は他人との関わりをあまり持ちたくないようだ。

葛城は必要に迫られて頻繁にネットを使っているが、近衛がパソコンや携帯端末を使っているところは見かけたことがなかった。

庄屋の屋敷はもともと電話も繋がっていない。

小説家がどういうタイミングで仕事をするのか知らないが、近衛を見ているとまるで隠遁《いんとん》生活を送っているようだ。そして人との交わりを絶ち、静かに暮らすには、この天杜村は絶好の場所だった。

近衛とともにゆっくり歩を進めているうちに、鳥居が見えてくる。

「変わってないな」

天杜神社の境内に足を踏み入れた近衛は、懐かしげに漏らした。

山裾に拓かれた神社は深い森に囲まれている。境内は静謐《せいひつ》な空気が満ちていた。

「あの……近衛さんがここにいらしたのって、もうずいぶん前のことですよね？」

「ああ、そうだ。中学の時だから、十八年前になる」

近衛の答えを聞いて、真白は自然と鼓動を速めた。

十八年前――それは、自分が生まれた年だ。

近衛は中学生の時に、自分の命名者となってくれたのだ。

胸の奥から何か温かなものが迫《せ》り上がってくる気がする。とても平静ではいられずに、真白はぶるりと全身を震わせた。

「どうかしたのか?」

訝《いぶか》しげに訊ねられ、真白は慌てて首を横に振った。

「い、いえ……なんでもないです」

辛うじてそう答えたが、心臓の高鳴りは激しくなる一方で、いつの間にか頬も燃えるように熱くなっていた。

だが近衛は、さほど不審にも思わなかったようで、真っ直ぐ本殿に向かっていく。

真白は胸に手を当てて、懸命に気持ちを落ち着かせた。

しかしそんなことをしても昂揚《こうよう》は少しも治まらず、本殿に近づくにつれてますますひどくなっていく。近衛が本殿で型どおりに両手を合わせた時、それは最高潮に達していた。

何か大きな力が一気に体内へと流れ込んでくる。身体の最も奥深いところがかっとマグマの固まりのように熱くなった。

得体の知れない感覚に、真白は怯えた。

だが、脳裏の片隅で辛うじて理解する。

これが《気》だ。

本殿の奥に納められている霊珠から、強い《気》が送り込まれてくる。命名者である近衛が近づいたせいで、霊珠が激しく反応しているのだ。

閉じた蓋がこじ開けられて、狭い道が無理やり広げられる。真白が感じたのは、そんな脅威だった。

「あ……あぁ……」

あまりの衝撃に、真白は呻《うめ》くような声を上げながら、両腕を交差させて自分自身の身体を抱きしめた。

身体中が沸騰しそうに熱い。一気に取り込んだもので髪が逆立つ。それに熱くてたまらないのに、ぶるぶる震えてしまう。

「う……く……っ」

その場に立っているのも困難で、真白は呻き声を漏らしながら蹲《うずくま》った。

「真白！　どうした？」

驚いた近衛が、とっさに真白の腕をつかむ。

「ああっ！」

つかまれた右腕が火傷したように熱い。とても堪《こら》えきれず、真白はひときわ大きな悲鳴を上げた。

「真白？　おいっ、どうした、真白？」

近衛は焦ったように真白の身体を抱き起こす。

けれども、近衛に触れられると、いちだんと熱さを感じて苦しくなる。

「い、やっ！」

真白は生まれて初めての感覚にどうしていいかわからず、涙を溢れさせた。

「真白、ほんとにどうした？　どこか痛いのか？　真白？」

事態にどう対処していいかわからないのは近衛も同じようだった。

腕に抱き留めた真白を何度も揺する。

がくがく揺らされた真白は、涙でいっぱいの目で近衛を見つめた。

「やだ。は、離して……っ、……離してっ」

これ以上近衛のそばにいると、身体中が焼き尽くされてしまいそうだ。

最初に感じた衝撃はなんとか治まった。でも入り込んだ《気》が体内で暴れまわっているかのようだ。

頭の天辺《てっぺん》から爪先《つまさき》まで、ありとあらゆる場所が熱い《気》で覆い尽くされる。次には細胞のひとつひとつまでが活性化し、身体中にひどい疼きが生まれていた。

けれど、この感覚には馴染《なじ》みがある。

前に近衛に触れられて、勃起した時と同じ。ドクッといっぺんに身体中の血液が一箇所に

集まっていった。

いやだ！

このままだと、またあの欲望に取り憑《つ》かれる。近衛にはこれ以上、恥ずかしいところを見せたくない。

心配した近衛がますます強く真白を抱きすくめる。

「真白！　しっかりしろ！　どうした？」

「いやっ！」

たまらなくなった真白は必死に身体をよじって、近衛の腕から逃れた。そうしてよろける足で懸命にその場から駆け出す。

とにかく近衛から離れる。それに、霊珠からも遠ざからないと、本当におかしくなってしまう。他に、自分の身体を制御するすべはなかった。

「真白、待て！　真白！」

驚いた近衛があとを追いかけてくるが、真白は懸命に本殿から離れた。

少しでも近くにいたいと思ったのに、それができない。

近衛が心配してくれているのに、逃げなければならないことが情けなかった。

できる限り近衛との差を開こうと、真白は鳥居のほうには戻らず、石段の途中から鬱蒼と茂った森の中へと駆け込んだ。

天杜神社は山裾に建っている。すぐに急勾配の上り斜面となったが、真白は必死に古木の間を駆け上った。

「真白、待て！」

後ろから近衛が声を張り上げる。

そのせつな、下生えに足を取られ、真白は前につんのめった。

ザザッと倒れ込んだ拍子に、思いきり足首をひねってしまう。

「ああっ、……つぅ……っ」

鋭い痛みが突き抜けた。

運動能力は高いほうなのに、こんなふうに無様《ぶざま》に転んだのは生まれて初めてだ。

これも、身内で渦巻く熱が原因だろうか。

歯を食い縛って痛みに耐えているうちに、あっさり近衛に追いつかれてしまう。

「真白、怪我《けが》はないか？」

背後から長い腕が伸びて、真白はしっかりと抱き起こされた。

触れられたくなくて逃げ出したのに、捕まってしまったのだ。けれど、ひねった足首がズキズキして、自力では立ち上がることもできない。

「つっ……」

呻き声を上げ、くたくたとその場にしゃがみ込むと、近衛に心配そうに覗き込まれる。

「足を挫《くじ》いたのか？　見せてみろ」

近衛は真白を斜面に座らせたままで、ひねった右足にそっと触れてきた。

「……っ」

ズキッと感じた痛みで思わず息をのむ。

けれど痛みよりも、近衛に触れられたことを意識するほうが大きかった。

ジーンズの裾が上げられ、穿いていたソックスもそっと下げられる。剝き出しになった部分はすでに腫《は》れてきていた。

「ひどく腫れてきたな。とにかくこんな状態じゃ、歩いて帰るのは無理だろう」

「平気です！」

真白は反射的に叫んだ。

転んで捻挫《ねんざ》するなんて、みっともないところを見られてしまい、情けなさでいっぱいだった。

だが、近衛にはすかさず怒鳴りつけられる。

「平気なわけないだろう！　もしかしたら骨折しているかもしれない」

真白は目を瞠《みは》った。

こんなふうに怒りをあらわにする近衛は初めてだ。

「とにかく、葛城に診せるまで動かさないほうがいい。携帯、持っているか？」

「……携帯？」

「ちっ、おまえがそんな物を持っているはずがなかったな……仕方ない。屋敷まで私が負ぶっていこう」

近衛はさも腹立たしげに吐き出す。

言われた言葉が頭に入ると同時に、真白は再びパニックを起こしそうになった。

近衛の近くにいると、何故か自分が保てない。

ただでさえ身体がおかしいのに、背負われるだなんて、受け入れられるはずがなかった。

じりじりとお尻《しり》を後退させると、近衛は怒ったような声を出す。

「逃げようとしても無駄だぞ」

「負んぶなんて、やだ……ぼく、大丈夫です。だから……お願い……」

真白は必死に頼み込んだ。

けれども、近衛からはにべもない言葉が返ってくるだけだ。

「ぐずぐずせずに、私に負ぶされ」

「でも……っ」

「おまえを置き去りになどしてみろ。葛城になんと言い訳していいかわからん。早くしろ」

近衛はそう言って、真白に背中を向けた。

しかし、首は曲げたままで、じっとこちらをにらんでいる。

とても逃げ出せる雰囲気ではなくて、真白は覚悟を決めた。

親切にしてくれるのは、葛城のためなのだ。そう思うと、少し寂しかったけれど、気持ちが落ち着いた。

痛みがひどくなってきたせいか、身体中で渦巻いていた熱も辛うじて治まっている。

だから恐る恐る細い腕を伸ばして、近衛の首にまわした。

近衛はさっと真白を背負い、次の瞬間には力強く立ち上がる。

「……っ」

真白はがちがちに緊張していたが、近衛は意にも介さぬように斜面を下りていく。都会暮らしが板についた人間とはとても思えないほど、しっかりとした足取りだ。

近衛が歩を進めるたびに身体が揺れる。けれども近衛は意外に逞《たくま》しく、けっして真白を落としたりしない。

その心地よいリズムに身を任せていると、安心感だけが広がっていく。

真白は無意識のうちに、近衛にしっかり腕を絡めてしがみついた。

さっきは荒れ狂う熱をコントロールできなくてパニックを起こしてしまった。だからできるだけ近衛から離れていたかったけれど、今は違う。

こうしてくっついて、身体の一部が触れ合っていることが嬉しくてたまらなくなっていた。

「痛いだろうが、少しの間だ。我慢するんだぞ」

「はい……」

「帰ったら、すぐに葛城を呼んでやるからな」

「はい……」

優しい言葉をかけられて、真白は近衛の肩にそっと顔を埋《うず》めた。

こんなふうに甘えたままでいられたら、どんなにいいか……。

ずっとずっと、近衛と一緒にいたい。

近衛に近づいただけで、起きてしまう様々な変調。

近づきすぎるのは怖い。自分がどうなってしまうかわからなくて不安だから。

それでも、近衛と一緒にいたいと思う気持ちだけは変わらなかった。

†

庄屋の屋敷に戻り、近衛はすぐに葛城を呼び寄せた。

真白は、もう大丈夫だからと何度も訴えたのだが、結局近衛に背負われたままで帰ってきてしまったのだ。

近衛は真白を自室に伴った。押し入れからわざわざ座布団を出して真白を座らせ、捻挫したほうの足の下にもそっと宛《あて》がう。

慎重に丁寧に扱われ、真白はよけいに申し訳なさでいっぱいになった。

葛城は往診で近くまで来ていたらしく、近衛が電話をして十分もしないうちに飛んできた。

「真白、まったく、おまえらしくもない。なんだって捻挫なんかしたんだ？」

近衛の座敷まで入ってきた葛城は、開口一番呆れたように言う。

「だって、ぼく……」

真白はそれきりで口を濁した。

近くに近衛がいるのに、本当のことなど明かせない。

幸い葛城は、真白の様子からある程度の事情を察したらしく、それ以上追及はしてこなかった。しかし、とことん呆れているのか、それとも怒っているかで、扱いは容赦がない。

「痛っ！」

軽く足首を持ち上げられただけなのに、相当の痛みが走る。

「このくらいでなんだ？　骨は折れてない。ちょっとひねっただけだ」

そう言いながら、葛城はぐいっと真白の足首をつかんだ。

「あっ……つぅ……！」

優しさの欠片《かけら》もない診察に、真白は涙目になった。

そばで様子を見ていた近衛でさえ、整った眉をひそめて口を出してくる。

「おい、葛城。真白が痛がってるじゃないか。おまえ、医者のくせして、それはひどくないか？　もう少し優しく治療をしてやったらどうだ？」

葛城は憮然としたように、注文をつけた近衛を振り返った。

「医者は俺だ。真白の扱いも俺のほうがよく心得ている。だいたい、普通にしてれば真白がこんな怪我をするはずもないんだ。こいつが足を痛めたのは、おまえにも原因があるんじゃないか？」

「なんだと？　私のせいで真白が怪我したとでも言いたいのか？」

とんでもない濡《ぬ》れ衣《ぎぬ》を着せられて、さすがの近衛もむっとした様子を見せる。

対する葛城は、ここが南極でもあるかのように、冷ややかな雰囲気で眼鏡の奥の目を細めた。

険悪なムードでにらみ合うふたりに、真白は心底焦りを覚えた。

「脩先生、違うよ。ぼくがいきなり山の中に駆け込んだりしたから捻挫しちゃったんだ。近衛さんは悪くないよ」

慌てて言い訳すると、葛城は真白にだけわかる角度でにやりとした笑みを浮かべる。

まるで、わざと近衛を怒らせようとしていたかのようだ。

「ま、おまえのことだ。これぐらいの捻挫なら、明日にはけろっと治ってるだろう。おまえは身体が丈夫なだけが取り柄《とえ》だ。な、真白？」

「うん、そう、だけど……」

納得いかない部分はあるものの、真白は素直に頷いた。

自分には野生の血が流れている。こんな怪我をしたこと自体が珍しいし、また普通の人間より傷が癒《い》えるのが早いのも事実だ。

葛城は真白の足の捻《ねじ》れを治すと、手際よく湿布を貼る。そのあと包帯を巻いて足首を固定されれば、治療は終わりだった。

「真白、痛みがあるなら、薬を飲むか？　悪いな、近衛。こいつに水を持ってきてやってくれるか？」

葛城は真白から近衛へと視線を移し、何気なく頼み込む。

「そんな、近衛さん、いいよ。ぼく、自分で行くから」

真白は慌てて引き留めたが、近衛は何も言わずに立ち上がった。

そして障子の向こうにその姿が消えたあと、葛城はこっそりと訊ねてきた。

「何があった、真白？　近衛を神社に連れていったんだろ？」

「うん、そうだよ」

「それなら充分に《気》を取り込んだはずだ。なのに、どうしてこんなことになった？」

どうやら葛城が近衛に水を頼んだのは、真白に詳しい事情を訊くためだったらしい。

真白は包み隠さず、何が起きたかを説明した。

聞き終えた葛城は、くすりと笑った。

「ま、そんなことだろうと思っていたが……」

葛城は気楽な調子だが、真白は再び不安に襲われた。

「ねえ、脩先生。ぼくの身体どうなっちゃったの？　近衛さんを神社に連れてったら、霊珠からすごく《気》が流れ込んできたんだ。なのに、ぼく、すごく恥ずかしいことになってしまって……」

真白はあの時の羞恥を思い出し、うっすらと頬を染めながら訴えた。

葛城は腕組みをして、しばし考え込む。

それから、とんでもないことを真白に告げた。

「おまえの場合は、最初から例外続きだ。だから、絶対にこうとは言い切れんが、たぶん一気に《気》を取り込んだせいで、身体が急激に成長したんだろう。野生の獣は成長すると皆、番を求める。つまり、繁殖期だな」

「繁殖期？」

「ああ、おまえは盛りがついたってことだ」

なんの斟酌《しんしゃく》もなく告げられて、真白は呆然となった。

獣には繁殖期がある。一定の時期が来れば、野生の動物に限らず犬や猫だって己《おのれ》の血を残そうと互いに番を求めるものだ。

けれども今まで曲がりなりにも人間として生きてきた真白には、素直に受け入れられない話だった。

「だって……だって……っ」

「おまえ、近衛を見てあそこが勃ったんだろ？　しかも、これが初めてじゃない」

葛城は腕組みを解かず、あっさりと言ってのける。

「だってっ！　盛りがついたって、ぼく……ぼく、男なのにっ……こ、近衛さんだって、男なのに変だよ」

真白は本当に泣きそうだった。

「そんなこと言っても、発情したもんは仕方ないだろう」

「そ、それじゃ、ぼく……ど、どうすればいいの？　ねぇ、脩先生……ぼくはどうすればいいの？」

真白は唯一頼りになる葛城に取りすがった。白衣をぎゅっと握りしめて訴える。

あまりにも勢いがよかったせいで、さしもの葛城も押し倒されそうになり、慌てて真白を抱き留める。

「俺がその気になって、おまえを抱いてやればいいんだが、おまえが相手じゃ、勃ちそうもないしな」

「脩先生っ！」

デリカシーの欠片もない言い方に、真白は思わず大きな声を出した。

その時、ふいに障子戸が開いて、湯飲みを手にした近衛が顔を出す。

「何をやってるんだ、おまえたちは？　少なくとも、ここは私に提供された部屋だったと思うが？　不埒《ふらち》な真似がしたいならよそでやってくれないか」

思いきり不機嫌な声に、真白はびくりとなった。

振り返ると、いかにも嫌そうな顔をした近衛と目が合ってしまう。

葛城を押し倒した格好だった真白は、慌てて身を退いた。足を庇《かば》う余裕などなかったので、思いきり体重を載せてしまい、また激しい痛みに襲われる。

「つぅ……っ」

真白が呻き声を上げているのに、葛城は同情する気もないようで、そのまま診療鞄《かばん》を持って立ち上がる。

「真白、風呂、短い時間だったら入ってもいいぞ。あとで湿布は貼っとけよ。と言っても、そんな調子じゃ無理か……。俺は面倒みてやる暇がない。してほしいことがあるなら近衛に頼め。今夜はその辺で寝かせてもらえばいいだろう。おまえなら毛布一枚あれば、風邪もひかん」

とんでもない提案に、真白はまた焦りを覚えた。

ただでさえ近衛の近くにいるとおかしくなるのに、この部屋で寝かせてもらえだなんてひどすぎる。

「脩先生、お願い。ぼくを連れて帰って」

真白は必死に頼み込んだ。

けれども葛城から返ってきたのは、そっけない言葉だった。

「俺は忙しいって言っただろ。じゃあな」

「そんな……脩先生っ」

真白は追い縋ろうとしたが、葛城は無情にもそれきりで部屋から出ていってしまう。

近衛の部屋に取り残された真白は、どうしていいかもわからなかった。

「おい、とにかく薬でも飲んだらどうだ？　葛城は忙しいと言うんだから、仕方ないだろう」

後ろから冷ややかに声をかけられて、真白ははっと我に返った。

慌てて振り返ると、不機嫌そのものといった顔をした近衛がじっとこちらを見つめていた。

座卓の上には水を注いだ湯飲みと、葛城が置いていった錠剤がある。

真白はじいっと座卓の上の錠剤を見つめた。

薬なんて滅多に飲まない。でも捻挫した足はズキズキ痛んでいる。真白の身体のことをよく知る葛城が処方した薬だ。飲んでも大丈夫だとは思うが、なかなか踏み切れなかった。

「何をしてる？　早く薬を飲め」

真白がぐずぐずしていることで焦《じ》れたのか、近衛が苛立たしげに声をかけてくる。

きっと、すごく迷惑だと思われているのだ。

真白は情けない気分だったが、これ以上近衛には嫌われたくない。

だから、のろのろと錠剤に手を伸ばした。二錠置いてあったうちの一錠だけ口に含み、湯飲みの水で喉に流し込む。

口中に苦みが広がって、真白は顔をしかめた。

「あとは風呂と食事か……」

近衛はそばに立ったままで難しい顔をして腕組みをする。

「あ、ぼく、やりますから」

真白は慌ててそう言ってみたが、じろりとにらみ返されただけだ。

「その足で家事など、できるわけないだろ。葛城にも、ああ言われたんだ。今日一日ぐらいなら、私がやる」

「近衛さんが……ほんとに？」

「ああ、そうだ。それとも、私には何もできないと見くびっているのか？」

不機嫌そうな声に、真白は慌てて首を左右に振った。

「そんな、ことないけど……」

「だったら、やり方を教えてもらおうか。まずは風呂だな」

近衛に家の用事をやらせるなんて、とんでもない話だ。

しかし、これ以上ぐずぐずしていると、また怒られてしまう。

そう思った真白は、仕方なく風呂の焚き方を説明した。

「でも、無理しないでください。薪で焚くお風呂だから……」

蚊の鳴くような声で言ったのに、また近衛ににらまれてしまう。

「おまえはそこで休んでいるといい。わからないことがあれば、訊きにくる」

近衛はそう言い捨てて、座敷から出ていった。

足の痛みはまだ引かない。

あとを追うわけにもいかず、真白は小さくため息をつくだけだった。

6

近衛は慣れない家事労働に精を出していた。

今時薪で焚く風呂があろうとは信じられない話だ。

一日ぐらい風呂に入らなくてもどうということもないはずだが、葛城に対し、多少意地になっている部分があったのかもしれない。

動けない真白を風呂に入れ、食事もさせて、座敷で休ませる。

近衛はそれをやり遂げることだけを目標に、風呂焚きに精を出した。

風呂用の竈がある土間には、真白が用意した薪が充分に積まれている。それを竈に入れ、上に載せた古紙にマッチで火をつける。

古紙はすぐにメラメラと燃え上がったが、薪に火が移るまでがわりと手間だった。

「まったく、旧式にもほどがあるな」

唸《うな》るように言ってみたが、考えてみれば真白は毎日この作業を繰り返しているのだ。

なんとか火をつけることに成功した近衛は、次に食事の用意にかかった。

でかい風呂なので湯が沸くまでにだいぶ時間がかかる。その間に食事を済ませてしまったほうがいい。

台所には野菜や卵などの食材が揃っていた。昼に炊いたご飯が残っていたので、簡単な雑炊を作ることにする。

真面目に自炊したことはないが、ひとり暮らしはけっこう長い。手間のかからない料理ならさほど苦労せずに作ることができた。

野菜をたっぷり入れ卵でとじた雑炊を、鍋ごと大ぶりのお盆に載せ、お椀と箸も一緒に座敷まで運ぶ。

真白は座敷の隅で、まるで借りてきた猫のように大人しく待っていた。痛い足はさすがに横へ逃がしていたが、左足のほうはちゃんと正座の体勢だ。

山で転んだせいで、白いシャツには泥汚れがついていた。ふんわりした髪ももつれ、頬にも汚れが付着しているが、それでも真白の可愛らしさを損なうほどではない。

今日は着物姿ではないが、小柄で細身の真白は相変わらず女の子のように見える。ほんのり血が上った頬もくっきりとした大きな瞳も、何もかもが造形美の極致といったように可愛らしく整っていた。

「雑炊を作った。食べるだろう？」

「……近衛さんが？　ほんとに？」

座卓の上に鍋を置くと、真白は信じられないといったように目を見開く。

近衛のことを、何もできない奴《やつ》だと思っていたのだろう。

「冷やご飯が残っていたからな。ま、味もそうひどくないと思うが」

近衛は軽い口調で言いながら、雑炊を取り分けてやった。

真白は申し訳なさそうに熱いお椀を受け取る。そして行儀よく両手を合わせてから箸をつけた。

「あ、美味しい……」

雑炊を口にした真白から意外そうな声が上がり、近衛はふっと頬をゆるめた。

真白は思っていることがそのまま顔に出る。取り繕うということをしない。

だから、嬉しそうな顔をしているということは、味付けのほうもそう捨てたものではなかったということだ。田舎育ちで添加物にはほとんど毒されていない真白の舌だ。それでいけると思ってくれるなら合格だろう。

近衛は満足を覚えながら、真白の向かいで雑炊を食べた。

「足、痛まないか？」

「ん、平気、です」

答えた真白がにこっと笑い、何故か心臓がドキリと鳴る。

純真無垢で女の子のように可愛らしい少年。

邪気のない顔に思わず見惚れそうになった近衛は、ゆっくり首を振った。

真白は決して見た目どおりではない。何も知らない子供ではなく、真白はむしろ性欲が強いタイプだろう。

しかし、この村には真白の恋愛対象になるような同世代の女の子はいない。相手となり得るのは葛城だけで、真白も一心に彼を慕っている様子だ。

葛城も真白をずいぶん可愛がっている。

抱いてやればいいのだ。もう十八になっているなら、そう問題になることでもないだろう。同性で関係を持つのがタブーだった時代は、もはや過去のものとなりつつある。

葛城とは年に数回会うだけの関係だったが、特別な相手がいると聞いたことはない。

だから、真白が求めているなら、抱いてやればいい。

それとも葛城は、真白が大事すぎて手を出さずにいるのか……。

そんなことを思い浮かべたとたん、近衛は何故か不快になった。

真白が可能性のない恋をしているから同情したのか。それとも、葛城が真白に冷たいから義憤を感じるのか。

今まで人との個人的な関わりから可能な限り遠ざかっていたというのに、このところ気になるのは真白のことばかりだ。

無垢で純真な田舎村の少年。

ひとつだけ確信があるのは、真白は決して人を利用しようなどとは思わない人間だということだ。

人を利用する人間は、とびきり優しい態度で近づいてくる。計算し尽くした笑顔と甘い言葉を囁《ささや》く口。時には優しい手で触れてくることさえある。

そうして目的のものを手に入れた時、彼らは醜く豹変《ひょうへん》する。

だが、真白にはいっさいの表裏がない。くるくる変わる表情が、そのまま自分の気持ちを表している。

「真白、食べ終わったら風呂に入れてやる。そろそろ沸く頃だろう」

近衛は何気なくそう声をかけた。

しかし、真白はいっぺんに身体を強《こわ》ばらせる。

「ぼ、ぼく、いいです。い、一日ぐらい、お風呂に入らなくても」

蒼白な顔で首を振る真白に、近衛は少々意地の悪い気分になった。

葛城にはあれほど懐いていたというのに、風呂に入れてやると言っただけでこの反応だ。

別に葛城と張り合うつもりはなかったが、どこがどう違うと言いたい。

「転んで汚れただろう。頭も顔も真っ黒だぞ。この座敷で寝るつもりなら、先に身体を洗え」

強い調子で決めつけると、真白は何故か真っ赤になって下を向く。

「おまえが男にしか興味が持てなくても、私は別に気にしない。いきなり抱いてくれと言わなければな」

近衛は少々茶化《ちゃか》すように言ってやった。

ところが真白は緊張を解くどころか、泣きそうに唇を噛みしめている。

このぐらいは冗談の範疇《はんちゅう》だろう。葛城など、もっと直接的な物言いをしている。

なのに、自分にはこんな反応しか見せない。

近衛の苛立ちはさらに強くなっていた。

これ以上こんな子供に振り回されたくはない。

「ぐずぐずするな、真白」

近衛は不機嫌な声とともに、乱暴に真白の腕をつかんだ。

「あっ」

そうして真白が嫌だと言う前に、細い身体を横抱きにしてしまう。

近衛は黙ったままで、真白を浴室まで運んだ。さすがの真白も覚悟を決めたようで、大人しく抱かれている。しかし脱衣場で服を脱がせにかかった時、再び抵抗し始めた。

「ぼ、ぼく、ひとりでできますから……っ」

真白は必死にそう言うが、捻挫した箇所はかなり腫れ上がり、ジーンズの生地が擦れただけでも痛そうだ。

やはり風呂はやめておいたほうがいいのではと思ったが、入浴の許可を出したのは葛城だ。あまり長湯をさせなければ大丈夫なはずだ。

「真白、いい加減にしろ。これ以上、私に手間をかけさせるな」

厳しい声音《こわね》で言い渡すと、真白はびくんと身をすくめる。

縋るような目で見つめてきたが、近衛は表情をゆるめなかった。

尻込みする真白からさっさとシャツとジーンズを脱がせ、下着も下ろすように命じる。

そして、命令どおりにのろのろ下着に手をかけている真白の横で、近衛自身も衣服をすべて脱ぎ捨てた。

「！」

ごく間近で真白がはっと息をのむ気配がする。

振り返ると、真白は顔どころか首筋や耳まで真っ赤に染めていた。

やはり……真白は男の裸を見て欲情するのか……。そして、相手は葛城じゃなくてもいいのか……。

好きな相手じゃなくとも裸を見れば反応する。十代の頃は誰でもこうだ。何も真白だけが特別というわけではないが、近衛はなんとなく面白くなかった。

「いいから、入るぞ」

苛立ちのままに短く呼びかけ、近衛は再び真白を抱き上げた。

悪い足を庇って歩くのを横で助けてやるよりも、さっさと運んでやったほうが簡単だ。

「あっ、やだ！」

驚いた真白は暴れ始めたが、近衛は厳しく叱《しか》りつけた。

「暴れるな。落ちたらまた捻挫するぞ。これ以上、手間をかけさせるなと言っただろう。洗ってやるから大人しくしてろ」

「うっ、……く」

真白はまたしてもびくんと身をすくめる。

これではまるで近衛のほうが悪いことでもしているようだ。

檜《ひのき》造りの浴室はかなりの広さがあった。

近衛は真白を台に座らせてから、風呂の蓋を開けた。

檜が濡れていい香りが立つ。近衛は湯に手を入れて熱さが均等になるように掻き混ぜる。

その間、真白はずっと自分の股間《こかん》を両手で隠し縮こまっていた。

「ちょうどいい感じだ。湯船に浸《つ》かるぞ」

近衛はそう声をかけて、再び真白に手を伸ばした。

背中側にまわり、両脇《りょうわき》から腕を入れて抱き上げる。その時、ふと自分も一緒に入ったほうが楽だなと思いついた。

近衛は真白を抱えたままで、湯船に浸かった。ザバリと大量に湯が溢れるが、かまわず座り込んで、真白を足の上に乗せた。

「や、っ……こ、こんなの……っ」

子供を湯に入れるような格好になったせいか、真白が恥ずかしそうな声を上げる。

「じっとしてろ」

耳元でそっと囁いてやると、真白はまたびくんと身をすくめた。

可愛らしい耳は相変わらず真っ赤だ。羞恥でふるふる震えているのも可愛らしい。

しかし、捻挫は冷やすのが基本だろう。あまり長く湯に浸かっているのはよくない。

「いい子にしてたな。それじゃ身体を洗うぞ」

近衛は再びザバリと音を立てながら、真白を抱いて湯船から上がった。

檜の風呂椅子に座らせ、かけ湯を頭からかけて洗ってやる。

真白は最初大人しくされるままになっていたが、いざ身体を洗おうという段になって、急に暴れ出した。

「もういい！　自分でできる！　ぼ、ぼくに触らないで！」

叫んだ真白は髪から滴《しずく》を垂らしながら、すごい形相《ぎょうそう》になっている。

パニックを起こしそうな勢いに、近衛は不審を覚えた。

ぷいっと後ろを向いたわりに、真白は椅子から立とうとしない。そのうえ、相変わらず両手で股間をぎゅっと隠している。

「おまえ、もしかして」

近衛は真白の手首をつかみ、無理やり股間から引き離した。

「いや――――っ！　駄目っ！　見ないで！」

真白はこの世の終わりかと思うほどの悲鳴を上げる。

股間で可愛らしく勃ち上がっているものがあった。真白はそれを懸命に隠していたのだ。

あまりの他愛なさに近衛は虚を衝《つ》かれ、ややあってから我慢できずに噴き出した。

思いきり笑っていると、真白は泣きそうに唇を震わせる。

さすがに可哀想だったかと、近衛はあっさり謝った。

「悪い。おまえを馬鹿にして笑ったわけじゃない。そんなの、誰でもなるんだ。たいして恥ずかしいことでもないだろ。早く始末してしまえ」

「嘘……恥ずかしくないの？　だって……こんな……。こ、近衛さんの前なのに……っ」

信じられないように目を見開いた真白に、近衛は珍しく優しい笑みを向けた。

この子はまだ何も知らないのだ。

若すぎてまだ自分の身体をコントロールするすべも知らない。

「恥ずかしくなんかないさ。男同士だろ。時には、並んでやることだってある。いいから、自分で弄《いじ》ってみろ。足りないなら手伝ってやるぞ？」

そう言うと、真白は弾かれたようにふるふるとかぶりを振った。

しかし、踏ん切りはついたようで、おずおず自分で手を動かし始める。

近衛はなんとなく眺めていたが、いかにも稚拙《ちせつ》なやり方だ。そのうち、なんとしてでも手伝ってやりたいとの欲求が湧いて、真白の手を股間からどけさせた。

「私がやってやろう」

「え？　……だ、だって、恥ずかしいし」

「恥ずかしくない。おまえはろくにやり方を知らないだろう？　ほら、ここはこうやって弄るんだ」

近衛は真白の兄にでもなった気分で、可愛らしいものを握りしめた。

「ああっ」

とたんに艶《つや》めいた声が上がり、真白の中心がびくんとひときわ大きく張りつめる。

可愛らしい反応に、近衛は大いに満足を覚え、真白をさらに駆り立てた。

握ったものを根元からしっかりと擦り上げ、くびれのまわりを指の腹でくすぐる。

「んふっ、んぅ……く、ふっ」

真白は素直に甘い喘《あえ》ぎをこぼす。

その声を聞いたとたん、近衛の身内をあらぬ衝動が突き抜けた。

このまま真白を抱いてしまいたい。この可愛らしい子供を、自分のものにしてしまいたい。

唐突に、そんな欲に駆られたのだ。

しかし、近衛は経験豊かな大人だ。おかしな衝動をねじ伏せて、真白を達《い》かせることだけに専念する。

正面から向き合っているとやりにくいので、椅子をずらして真白の背後にまわり、後ろから両手で抱き込む格好で、存分に中心を弄ってやった。

「ああっ、やっ……や、んっ」

最初は恥ずかしがっていたのに、真白は素直に声を上げる。

ついでに胸の粒をつまみ上げてやると、真白は弾かれたように腰を震わせた。

「真白、気持ちがいいのか？」

「んっ、気持ちいい……っ、あ、ん……」

「じゃあ、思いきり飛ばしてみろ」

近衛はそうそのかしながら、真白を解放へと導いた。

胸の粒をきゅっとねじって、張りつめた先端にも爪を立ててやる。

「やっ、あ、……あぁ、んぅ」

真白がぶるぶる腰を震わせ始めたタイミングをみて、根元から強めにしごいてやった。

「ああっ、あ——っ……、ふぅ」

いちだんと甘い声とともに、白い精液がぴゅくっと飛び散る。

ややあって、真白はぐったりと力が抜けたように、後ろに倒れ込んできた。

それを慌てて支えてやりながら、近衛は懸命に自制心を働かせていた。

素直で可愛らしい様に、思わず煽られそうになった。すんでのところで、もっといけないことを教えてしまいそうになったのだ。

「さあ、のぼせるといけない。さっさと身体を洗って風呂から出るぞ」

近衛は自らを戒めるつもりで、努めて事務的な声を出した。

†

風呂から上がり、近衛は再び真白を抱いて座敷に戻った。途中で用を足したいと言うので、それにもつき合ってやる。

近衛はせっせと真白の面倒をみた。

押し入れから布団をふた組出して、並べて敷く。それから浴衣に着替え、真白にも予備のものを着せる。真白の部屋に着替えを取りに行ってもいいが、どこに何が置いてあるかわからない。それよりこの部屋にあるもので済ませたほうが手っ取り早い。

もっとも小柄な真白には、近衛用の浴衣が大きすぎて、腰でかなり折りたたむ必要はあったが。

「真白、湿布もう一度貼ってやるから足を出せ」

そう声をかけると、隅に寄せた座卓に肘《ひじ》をかけ、所在なく座り込んでいた真白がおずおず右足を伸ばす。浴衣の裾から覗く足は細いけれども、すんなりと形よく伸びていた。

近衛はまだ腫れている足首に、葛城が置いていった湿布を貼った。そして新しい包帯を軽く巻いてやる。

「どうだ、痛みは？」

「ぼく、もう大丈夫です！　だから、自分の部屋に」

「嘘をつくのはよくないぞ、真白」

近衛は少しばかり意地の悪い気分になり、包帯を巻いた足を指で突いてやった。

「あうっ……」

とたんに真白がくぐもった悲鳴を上げる。

「そらみろ。まだ痛いくせに無理をするな。今日は大人しくここで寝ろ」

「……はい……」

真白は蚊の鳴くような声で答える。

湯に浸かったせいか、頬が火照《ほて》り、薄い色彩の目も潤んでいるように見えた。

風呂を出る時、ドライヤーで乾かしてやったが、髪はまだしっとりしている。

浴衣姿だとよけいに細さが目立ち、ひどく庇護欲《ひごよく》を掻き立てられた。

この子のことを守ってやりたい。

唐突に、そんな欲まで感じる。

こんな気持ちにさせられたのは初めてだ。人とは深い関わりを持たない。それがモットーだったのに、真白のことがどうしても気にかかる。

「真白、痛み止め、寝る前にもう一度飲めとの指示だ」

近衛は真白に薬を持たせ、あらかじめ用意してあった水を注いでやる。

真白は一瞬困ったような顔をしたが、素直に薬を服用した。

「さあ、もう眠ったほうがいい」

「は、い……」

答えた真白を布団に入れ、近衛は部屋の電気を消した。

真白を寝かせたのはいいが、まだ夜中には相当時間がある。東京での生活が染みついている近衛は、そっと続き部屋に引き揚げた。

原稿でも進めるかとノートパソコンを立ち上げ、書きかけのファイルを開く。

葛城が環境を整えておいてくれたが、うるさいのでネットには繋がない。

近衛が書くミステリーは、善良な人間のエゴを剔き出しにした話が主流だった。真白が読んでみたいと言った時、反射的に断ったのは、殺伐《さつばつ》として救いのない話が純朴な少年には向かないと思ったからだ。

今書こうとしている作品も、母親と息子の関係が徐々にこじれていく展開だ。最後には互いに殺意を抱《いだ》くまで憎み合うというもの。

近衛の作風は暗いにもかかわらず、一部で熱狂的にもてはやされていた。大学の時、何気なく書いてみたミステリーが、文芸サークルに所属していた友人の目に留まり、彼が無断で出版社に投稿してしまったのだ。

その作品が文芸誌に掲載され、それからほどなくして一冊の本としてまとめられた。どこがどう受けたのか、近衛にはさして思い当たるところもないが、上梓《じょうし》された小説は、新人のものとしては記録的なヒットとなった。そしてその年の新人賞まで受賞してしまったのだ。

一連の流れを、近衛自身は他人事《ひとごと》のように感じていた。

それでも作家としてやっていくつもりになったのは、会社勤めで人間関係のストレスにさらされるよりましだろう、そのくらいの軽い気持ちからだった。

そもそも近衛には親が残した莫大な資産があり、働く必要さえなかったのだ。

しかし、作家といえども徐々に知人は増えていく。しかもベストセラー作家などと呼ばれるようになって、近衛のまわりは一気に騒がしくなった。

取材の類《たぐい》はすべて断って、編集者との打ち合わせも、なるべく顔を合わせずに済ませてしまう。それを徹底できればよかったが、世の中はそう簡単なものではない。どうしてもと懇願されればサイン会の類もやらねばならず、対談などの企画も断りきれずに引き受ける時がある。それで少しずつ他人と接触する機会が増え、そのたびにストレスが溜まっていく。

葛城から村へ遊びに来ないかとの誘いがあったのは、近衛がそうしたことに心底うんざりしていた時だ。

ネットに繋げないという言い訳は最高だった。担当編集にも、しばらく連絡のつかない場所で執筆に専念すると言ってある。

そうしてやっと手に入れた、穏やかで何のストレスもない日々だったのだ。

「やはり、この話はやめておくか……」

近衛がそう呟いたのは、モニター上の書きかけ原稿を一時間ほど眺めたあとのことだ。

その時、ふと隣室から苦しげな息づかいが聞こえてきた。

真白か?

近衛は慌てて立ち上がり、境の襖を開け放った。

「んぅ……ぅ、っ」

真白は頭から布団を被り、丸く身を縮めている。

ふんわりした髪が少しだけ覗き、小刻みに揺れているのが目に入る。

「真白、どうした?　足が痛いのか?　それともどこか苦しいのか?」

苦しげな様子に、近衛はぞっとしながら、真白に駆け寄った。

葛城から面倒をみてやれと頼まれたのに、ちょっと目を離した隙に何かあっては大変だ。

近衛は、とにかく真白の顔を覗こうと、布団の端をつかんだ。

「やっ、触らないでっ!」

そのとたん、きっぱりと拒絶される。

近衛は眉をひそめた。

真白は明らかに具合が悪そうだ。なのに、様子を見ることさえいやがっている。

近衛はまたしても苛立ちに襲われた。

おそらく真白は葛城にそばにいてほしかったのだろう。

「おい、具合が悪いなら葛城を呼ぶか？　だがな、もう夜遅い。忙しいあいつをわざわざ呼びつけるほど具合が悪いならいいが、どうするんだ？」

意地の悪い言い方をすると、布団から覗く頭がふるふると震える。

「だったら、どこが悪いか私に見せてみろ」

近衛は我慢がきかず、ぐいっと布団の端をつかんで引き剝がした。

「やあっ……、み、見ないで！」

真白は悲鳴を放って、ますます身を縮める。

何もかも拒絶するような小さな背中に、近衛はさらに怒りを煽られた。

華奢《きゃしゃ》な肩に手をかけて無理やりこちらを向かせると、真白は目にいっぱい涙を溜めていた。

真白に信頼されていないのは当たり前の話なのに、ひどい言葉を投げつけてしまった。

罪悪感に駆られた近衛は、真っ赤になった頰に手を当て、宥《なだ》めるように問いかけた。

「熱が出たんだな。足が痛むなら、やはり葛城を呼ぶか？」

「ううん、脩先生は呼ばなくていい……」

「だが、私は医者じゃない。適切な処置はできないぞ」

ため息混じりに言うと、真白は潤んだ目で縋るように見つめてきた。

「どこも痛くなんかない。か、身体が熱いのが、と、止まらないだけ……っ、ま、また熱くなって……ど、どうしていいか、わからないっ」

「身体が熱い？　だから、それは熱が出て」

「ち、違う……っ」

真白はさらに泣きそうに顔を歪める。

それでようやく近衛は気がついた。

「おまえ、またしたくなったのか？」

「あ……」

ストレートに問うと、真白は羞恥で首筋まで赤く染める。

近衛はほっと安堵の息をつきながら、真白の細い肩を抱き寄せた。

「だから、そのぐらい心配することはないと言っただろう。何回でもやって、身体から全部出してしまえ。そしたら熱いのも治まるだろ？」

「こ、近衛さん……ぼ、ぼくのことおかしいって笑わない？」

真白は不安げに言いながら、上目遣いで見つめてきた。

視線が合ったとたん、何故か心臓がドキリとなる。

何も知らない子供が、兄か親を頼るように縋っているだけだ。なのに、どうしてこうも動揺させられてしまうのか……。

そして近衛は唐突に己の中に潜んでいた感情に気づかされた。

健気《けなげ》な真白が愛《いと》しい。

葛城を慕う様子を見せるたびにかすかに感じていた苛立ちは、自分こそが真白を可愛がってやりたいという欲求の裏返しにすぎなかった。

いったん真白を可愛いと思うと、その気持ちだけが奔流《ほんりゅう》のように溢れてくる。

「真白、誰でもなることだと言っただろう。笑うはずがない。それより、さっき風呂場でしたみたいに手伝ってやろう」

「あ、っ」

真白ははっとしたように息をのむ。

近衛は大丈夫だと言い聞かせるように頷いて、真白を布団の上に横たえた。

「裾、はぐるぞ」

そう声をかけながら、真白の浴衣を左右に割る。

下着をこんもり押し上げているものを見て、近衛は思わず微笑んだ。

「や、笑わないでっ」

真白は必死な様子で言い募る。

「悪い。そんなつもりじゃなかった」

近衛は安心させるように、真白の頭を撫でた。

たったそれだけの刺激でも、真白の中心がびくりと反応する。

「あ、ん」

悩ましい声まで上げられて、近衛のほうがおかしな気分になりそうだった。なるべく事務的にさっさと事を済ませたほうが賢明だろう。

「下着、脱がせるぞ」

近衛はそう声をかけて、真白の下着を引き下げた。

ぴょこんと可愛らしいものが飛び出す。元気はいいが、細く小柄な真白に似合ったサイズだ。近衛が大きな手で包み込むと、ほとんどが隠れてしまう。

「ああっ」

真白は嬌声《きょうせい》を上げながら腰をくねらせた。

それと同時に、手にしたものがさらに硬く張りつめる。

最初から限界に近かったのか、軽く何度か擦ってやっただけで、真白はぴゅっと精を吐き出した。

勢いがよすぎて、可愛い顔にまで白濁が飛ぶ。

「ああ、あっ……あ、ふぅ……」

真白は思いきり背をそらし、痙攣《けいれん》したように腰を震わせている。よほど快感が強かったのか、瞳も焦点が合っていない感じだった。

「気持ちよかったか、真白」

近衛はそう声をかけながら、真白の中心から手を離した。

しかし、その微妙な動きで真白はまたびくりと育っていく。

「や、やだ……っ、こ、こんなの……っ」

真白は泣きそうな声を上げたが、中心は再び硬くそそり勃っていた。

いくら若いにしても、こうも立て続けなのは珍しいかもしれない。今までの真白を見ていても、自分でコントロールできない性欲に振り回されている印象だ。

再び勃たせた股間を見られるのが恥ずかしいのか、真白は両手で隠しながら、くるりと身を伏せた。その拍子に浴衣の裾がめくり上がり、白い尻まで剝き出しになる。

そして真白は扇情的に腰を震わせながら、さめざめと泣き出した。

「真白、泣かなくていい」

「やだ……ひっく、……だ、だって、ぼく、おかしい……ひっく、……だ、出したばっかりなのに、身体、熱い。やだ、おかしいよ……」

真白はシーツをわしづかみにし、枕に顔を突っ伏して泣き続けている。

四つん這《ば》いの体勢で、剝き出しの尻を誘うように振っている状態だということには、少しも気づいていない。

無意識の媚態《びたい》に思わず煽られそうになり、近衛は大きく息を吐き出した。

「真白、もう泣くな」

「ひっく……ひっく……っ」

宥めるように言ってやっても、真白は泣き止む様子もない。

「おまえは葛城が好きなんだろ？　だけど葛城はおまえを弟のように思っているだけだ。つらいのはわかるが、これはばかりは仕方ない。葛城のことを考えてこうなるんだろうが、身体の熱は外に逃がすしかない。私に触られるのはいやかもしれないが、何回でも達かせてやる。だから、私を葛城だと思って我慢しろ」

近衛は根気よく言い聞かせた。

すると真白はゆっくり伏せていた顔を上げる。そうして背後を振り向き、縋るように見つめてきた。

「ち、違う……っ。しゅ、脩先生じゃない。ぼ、ぼくがおかしくなるのは、こ、近衛さんがそばにいるからっ」

懸命に訴える真白に、近衛は虚を衝かれた。

自分を見ておかしくなるだと？

それは、真白に好かれているのが自分だということか？

信じられない事態に、近衛はまじまじと真白の顔に見入った。

恥ずかしげに頬を染め、潤んだ目で必死にこちらを見つめている。

何度達かせてもまだ足りないと、身体を熱くしているのは、自分のせいだと言うのか？

「真白……おまえは」

「こ、近衛さんっ」

真白はどうしようもないといった様子で縋りついてきた。

「ま、待て……」

近衛は、らしくもなく上ずった声を上げた。

受け止めた細い身体は熱くなっている。鼻先を掠《かす》めるふんわりとした髪からは、シャンプーの甘い匂《にお》いがした。

「……近衛、さん……っ、こ、近衛さん……ぼ、ぼく……っ」

浴衣をとおして真白の体温が伝わる。

真白は何も知らないくせに、無意識で自分に抱かれることを望んでいるのか？

小さな真白はすっぽりと腕の中に収まる。小刻みに震えている身体は、抱きしめずにはいられない。

「真白……」

掠れた声を出した瞬間、近衛は自分を覆っていた理性の殻が音を立てて崩れていくのを自覚した。

相手はまだ子供。無責任に手を出すべきじゃない。しかし真白は明らかに、自分を欲しがっている。

その望みを叶えてやって何が悪い？

こんなに必死に自分を求めている者を、むげにはできない。自分はすでに、真白を可愛いと思っている。だから大人の良識などくそくらえだ。

この場で真白を満足させられるのは自分だけ。だったら、誰にも遠慮することはない。

「真白……」

近衛は再び名前を呼び、すべすべした頰に手を当てた。

拒絶されなかったことで安心したのか、真白がほっと息をつく。

近衛は半開きになった唇にそろりと長い指を滑らせ、そのあとそっと顎をとらえて顔を上げさせた。

何が起きるかと、真白は一瞬不安げに眼差しを揺らしたが、そのまま可愛らしい口を塞いでしまう。

「んっ」

真白はびくりと震えた。だが、いやがる様子は微塵《みじん》も見せない。それどころか、この口づけを待っていたように、すうっと身体の力を抜く。

薄く空いた隙間《すきま》から舌を忍ばせると、思いもかけぬ甘さに酔いそうになる。

近衛は舌を深く挿し込んで思う存分真白の唇を味わった。

「んぅ……ん、ふっ」

ねっとり舌を絡めても、真白は少しもいやがらず、おずおずと応えてくるほどだ。

近衛はますます止まらなくなり、口づけを続けながら、真白の身体に手を伸ばした。

腰骨のあたりを優しく撫で、同時に舌を吸い上げてやると、真白はますます力が抜けたようにぐったりなる。

そのまま熱くなった下肢へと手を動かすと、真白はびくんと大きく身体を震わせた。

「……は、んっ……」

口づけをほどくと、真白はいちだんと甘い息をつく。

「真白、私に抱かれたいのか？」

近衛はストレートに訊ねた。

すると真白は首筋まで真っ赤にしながら、こくんと頷く。そして、自ら細い両腕を近衛の首に巻き付けてきた。

こんなにも素直に求められて、断る男はいない。

近衛はかすかに残っていた迷いを捨て、本格的に真白を抱くべく動き始めた。

「なるべく優しくする」

「んっ」

真白は健気に答えるだけだ。

近衛は浴衣の帯には手をかけずに、薄い胸を剝き出しにした。

可愛らしい乳首はつんと尖《とが》って、弄ってもらうのを待ちわびているようだ。

きゅっと摘《つま》んでやると、真白は捕れ立ての川魚のようにびくびく震えた。

「ああっ……んっ」

肌理《きめ》の細かいきれいな肌に、徐々に掌を這わせつつ、うなじや耳朶《じだ》にもそっと口づける。

怖がらせないように、極力優しい動きで真白を愛撫《あいぶ》した。

吐き出したばかりなのに、真白の中心は硬く張りつめている。近衛はそれを包んで軽く擦りながら、胸の小さな粒を口に含んで吸い上げた。

「は、んんっ、……ぅう……っ」

真白は腰を突き上げながら、再び精を吐き出した。

濡れた手で最後までしっかり絞り取ってやると、真白は痙攣したように腰を震わせる。

白い喉を仰《の》け反《ぞ》らせ、甘い息をつく姿に、近衛は目を細めた。

まだたった十八の子供なのに、壮絶な色香を感じる。

そして近衛の手にあるものが、また芯《しん》を持ち始めていた。

「元気だな。もっと欲しいのか？」

近衛は先端の窪《くぼ》みに親指を当て、ソフトに刺激しながら訊ねた。

からかい気味の声を出したせいか、真白は慌てたように腰をよじる。

「やだ……」

くるりと横を向いて腰をくの字に曲げ、両手で局所を隠そうとするが、その格好はよけいに近衛を煽った。

胸を愛撫した時に、かなり浴衣を乱した。そのせいで、帯紐《おびひも》と一緒に辛うじて腰のあたりにまとわりついているだけだ。

さらされた素肌はほんのりと火照り、髪から覗く耳も赤くなっている。

「本当にこれでお終《しま》いにしていいのか?」

そう念を押すと、真白はびくっと反応する。

「……っ」

身体は丸めたままだが、泣きそうな目で見つめてくる。

近衛はにやりと微笑んだ。

「まだ、欲しいようだな」

「……だって……」

舌足らずな言い方だが、終わりにされては困る。縋るような目がそう訴えていた。

「ちゃんとしてほしければ、身体を隠すな」

近衛はそう命じながら、真白の腰を覆っていた浴衣に手をかけ、ゆっくり捲《めく》り上げた。

白く艶やかな双丘が剥き出しになる。

近衛はそこに掌を乗せ、そろそろとなぞり上げた。

「んっ」

真白がまた甘い息をつき、それとともに身体から力が抜ける。

閉じた両足がゆるんだのを見て、近衛は腿の内側にも手を挿し込んだ。

際どいあたりまで撫で上げると、とたんに嬌声が上がる。

「ああ、んっ」

真白はどこに触れても気持ちよさそうに甘く喘ぎながら、無意識に腰をくねらせて近衛を誘う。

後孔にそっと触れた時も、びくんと腰を突き上げるような動きをしただけだ。

「真白、いやだったら、そう言え。今ならまだ途中でやめられる。だけど、この先に進んだら、おまえが泣いてもやめないぞ？」

近衛は真白の耳に口を寄せ、脅すように囁いた。

しかし真白はゆるく首を振っただけだ。

「いやじゃない……近衛さんが触ってくれると、すごく気持ちいい……気持ちよすぎておかしくなるくらい」

近衛は大きくため息をついた。

こんな台詞《せりふ》を吐かれては、こっちのほうがおかしくなる。

手に負えないのは、真白がまったく計算なしに口にしていることだ。

「真白、おまえを抱くぞ。いいな?」

近衛は最後の迷いを捨て、改めて真白の腰に手を当てた。

帯紐をほどき、邪魔な浴衣をめくり上げて、尻を全部剝き出しにする。

「あ、……こ、近衛……」

秘めやかに閉じた谷間に指を宛がうと、さすがに怯えたような声が上がった。

だが近衛は、それには気づかない振りで真白の腰を押さえ、狭い場所につぷりと指を押し込んだ。

「あ、ああっ……、あっ」

真白の口から悲鳴に似た声が漏れる。

「痛くはないだろう」

近衛はそう宥めつつ、侵入を続けた。

蜜をこぼす中心を何度も握ってやったので、指は充分に濡れている。それに真白自身が受け入れたがっているせいで、近衛の長い指はなんの抵抗もなく奥まで届いた。

「ああっ、あ、んっ」

「中も溶けそうに熱くなってるな。気持ちいいのか、真白?」

そろりそろりと、忍ばせた指を回しながら訊ねる。

「んっ、気持ちい、い……」

真白はきゅっと近衛の指を締め付けながら、素直に快感を訴えた。

とことん煽られているのは近衛のほうだ。

いつの間にか、こちらのほうが夢中にさせられている。まるで純真な真白から強烈なフェロモンでも出ているかのように、溺《おぼ》れさせられていた。

「真白、もう一本入れるぞ」

「んっ」

これが初めての体験だろうに、真白は疑うことも知らずに身を任せている。

二本目の指を入れた時も低く呻いただけだ。そのあとは何度も息を吐きながら、自ら近衛の指を受け入れようと努力していた。

真白の中はますます熱く滾《たぎ》り、貪欲《どんよく》に刺激を求めている。

そっと前の様子を見ても、中心はぴんと張りつめたまま。先端からはとろりと大量の蜜まで滴《したた》っていた。

近衛は快感の源《みなもと》を見つけようと、真白の中を指で丁寧に探った。

ふっくらした部分に触れた時、真白が鋭く息をのむ。

「ここか？」

もう一度同じ場所を指の腹で押すと、ひときわ高い声が上がった。

「ああっ、やっ……あ、あっ」

「いやじゃないだろう。ここを触られると気持ちいいはずだ」

「やあっ」

がくがく首を振る真白を宥めつつ、何度も同じ場所を刺激する。

「うぅ……う、くっ」

真白は呻き声を上げながら、ぎゅっと近衛の指を締めつけてきた。

「真白、気持ちがいいか？」

「んぅ……っ、は、くっ……ぅ」

肩越しに、喘いでいる真白の顔を覗き込むと、目尻にいっぱい涙が溜まっている。けれど、可愛い顔に嫌悪の表情はなく、むしろまぶたまで赤く染めて必死に快感を堪えているようだ。

「おまえはほんとに可愛いな」

近衛は思わぬ興奮を覚えながら愛撫を続けた。

中を指で掻き回しながら、赤くなった耳に口づける。時折蜜をこぼす中心も慰めて、胸の尖りも摘んでやる。

「あぁっ、……んっ、んん……っ」

どこに触れても、真白は気持ちよさそうな声を出すだけだ。

快感を貪欲に貪《むさぼ》る素直な身体に、近衛のほうもいつの間にか夢中になっていた。

そして、充分に中がゆるんだ頃合いを見計らって、押し込んでいた指を抜く。

「あ、んっ」

真白は玩具《おもちゃ》を取り上げられた子供のように、不安げに振り返る。

近衛は優しく見つめ返してやりながら、真白の腰をかかえ上げた。

「真白、まだだ。もっと欲しいんだろう？」

「まだ？」

「ああ、まだだ。だけど、今度は指じゃないものを入れるぞ。いいな？」

「うん」

真白はこくんと頷いた。

何をされるのか本当にわかっているとは思えないが、ここまで来ればもう近衛のほうもやめられない。

幼い媚態に本気で惑わされてしまった。最後まで真白を自分のものにせずには終われそうもなかった。

「真白、楽にしてろ」

近衛は細い腰をかかえてうつ伏せの体勢を取らせた。

隣室の灯《あか》りが届き、白い尻が扇情的に揺れている。

近衛は手早く自らの浴衣を乱して、滾ったものを取り出した。

真白の腰を片手で支え、蕩《とろ》けた蕾《つぼみ》を剝き出しにする。そして、もう真白にも迷う暇など与えないとばかりに、狙《ねら》いを定めて、くいっと先端をめり込ませた。

「あ、ああっ」

狭い場所を犯された衝撃で、真白はびくっと仰け反った。

「大丈夫だ、真白……ひどいことはしない」

近衛は真白の耳に何度も優しく囁きながら、ゆっくり時間をかけて奥まで届かせた。

真白の中は熱く滾り、近衛を歓迎するようにまとわりついてくる。

とうとう真白に手を出してしまった。

そんな罪悪感がかすかに頭を掠める。けれども、ひとつに繫がった圧倒的な快感の前ではそれもすぐさま消え失せてしまう。

真白は貫かれた衝撃で、何度も短く息をついている。

腕の中にあるものに対する愛しさが込み上げて、近衛はしっかりと真白を抱きしめた。

ささいな動きだったが、真白がびくりと反応する。

「あ、んっ」

一緒に上がったのは気持ち良さそうな声。それに真白は健気に近衛を締めつけていた。

「真白、おまえはほんとに可愛いな」

甘い声を上げる真白にいっそう愛しさが増し、近衛はゆっくり動き始めた。

†

腕にかかる重みが心地いい。

頬に何かやわらかなものが触れ、そのくすぐったさで近衛は思わず口元をほころばせた。

何回も抱いたせいで、真白はぐっすりと眠っている。

腕枕をしてやると、まるで子供のように擦り寄ってくる真白が可愛かった。

あまりにも一途《いちず》に慕ってくれたせいで、ほだされたのかもしれない。

けれども近衛は浅い眠りの中で思っていた。

これからは、自分が真白を守ってやる。

ずっと、いつまでも守り続けてやりたいと——。

「んっ」

真白があえかな息をつきながら、小さく寝返りを打とうとする。

その時、腰から足にかけて、何かふさふさしたものに触れた気がした。

さっきから頬に触れているものもそうだ。温かく気持ちのいい触り心地の、まるで、そう
……まるでふさふさで、しかもぴくりと可愛らしく動く動物の耳が触れているかのような感じだった。

本当にそうなら、腰から下に触れているのは長い尻尾か？

近衛は微睡《まどろ》みの中で、くすりと笑った。

けれども、なんとなく目を開けて、その感触を確かめたくなる。

近衛はそっとまぶたを開けて、真白のほうに目をやった。

真白？

耳？

やわらかな髪の間にぴょこんと立っているものは、どう見ても動物の耳だ。

これがさっきから自分の頬に触れていたのか？

近衛は信じられずに、何度か瞬《まばた》きを繰り返した。

暗闇《くらやみ》に少し目が慣れてくる。

真白の耳は、やはりそこにあった。

それじゃ、腰に触れていたのはなんだ？

近衛はそうっと布団を持ち上げた。

事が終わったあと、真白には浴衣を着せ直した。しかし、その裾が派手にまくれ上がり、その上にふさふさの大きな尻尾が乗っている。

その尻尾が、真白の寝息に合わせるように、ぴくんと動いていた。

まさか……。

これはきっと夢に違いない。
真白に耳と尻尾が生えただと？
そんな馬鹿な……！
近衛はもう一度強く目を閉じ、それから勢いよくまぶたを上げた。
やはり、夢だ。
近衛は大きく息をついた。
真白には動物の耳も尻尾も生えていない。
まったく、夢を見るにしても、けも耳とは……。
近衛は自分自身を嘲笑《あざわら》いながら、小さな身体を抱き寄せた。
まあ、耳と尻尾があっても、可愛かったがな……。
そんなことを思いつつ、近衛は再び眠りの世界へと入っていったのだ。

7

「はあぁ……」

竹箒《たけぼうき》を手に真っ青な空を仰ぎながら、真白《ましろ》は大きなため息をついた。

チェックのシャツにジーンズ、素足に下駄《げた》という格好で、先ほどから庭の掃除を進めているのだが、少しもはかどらない。

ともすると、昨夜のことを思い出して顔が火照《ほて》ってしまう。ため息が出るのも、この幸せがまだ信じられないせいだ。

昨日は怒濤《どとう》の一日だった。

近衛《このえ》をなんとか天杜《あまと》神社に誘い出して、霊珠《れいしゅ》をとおして《気》を得ることができた。

しかし真白は繁殖期を迎えていたらしく、《気》を取り込んだことで身体《からだ》が一気に暴走してしまったのだ。

でも近衛は優しく抱いてくれた。

近衛の逞《たくま》しい分身を体内に受け入れた時のことを思い出すだけで、また体温が上昇しそうになる。

あんなに気持ちがよかったことはない。

最初は男同士でおかしいんじゃないかと思ったけれど、好きな人と身体を繋《つな》ぐという行為は特別なのだとわかった。

近衛は自分に同情してくれただけなのかもしれない。でも、いっぺんに全部を望むのは贅沢《ぜいたく》だ。今はとにかく、近衛とひとつになれた喜びだけを噛《か》みしめていたかった。

気がかりなのは、自分の本性《ほんせい》のことだ。葛城《かつらぎ》に止められているので、近衛にはまだ何も話していない。それに、話すとしても、どんなふうに説明すればいいかもわからない。

ぼく、本当は狐《きつね》なんです。

そんなことを言っても、冗談だと思われるのがせいぜいで、信じてもらえるはずがない。

「そうだ。昨日のこと、脩《しゅう》先生にも言っておかないといけないのかな……」

真白は何気なく呟《つぶや》いて、かあっと頬《ほお》を染めた。

散々心配をかけたのだから、近衛のことを報告するべきだ。でも、いくら兄のような葛城が相手でも、話をするのは恥ずかしい。

だが、その時真白はふいに濡《ぬ》れ縁《えん》から近衛に声をかけられた。

「真白、何をしている?」

「えっ?」

不機嫌そうな声に、真白はびくりと振り返った。

近衛を思い、幸せに浸っていたばかりなのに、その相手が怖い顔で立っている。

「まだ足が治ってないだろう。掃除なんかしなくていい。じっとしてろ」

近衛が何故《なぜ》怒っているかがわかり、真白は再び幸せな気分になった。

「大丈夫です。足はもう治りました」

とびきりの微笑《ほほえ》みを向けると、近衛は疑わしげに目を細める。

「大丈夫ですってば、ほら」

真白は捻挫《ねんざ》が治ったことを強調するため、その場でピョンピョン跳ねてみせた。

すると近衛がぎょっとしたように、下駄さえ履かずに濡れ縁から駆け下りてくる。

「真白、やめろ！」

ぎゅっと抱きしめられて、真白は大きく鼓動を高鳴らせた。

ほんとに心配してくれている？

そう思うと、このまま天まで昇っていけそうなほど、嬉《うれ》しくてたまらない。

近衛は腕の力をゆるめると、今度は真白を横抱きにする。

「あっ」

「あ、じゃない。まったく」

近衛はそうぼやきながら、真白を抱いたままで濡れ縁まで戻った。

「湿布も外してしまって、駄目じゃないか」

真白を濡れ縁に座らせた近衛は、前に膝《ひざ》をつき、真白の足をそっと持ち上げた。

腫《は》れはもう完全に引いている。どこもなんともないのだが、近衛の手つきは慎重だ。

「もう全然痛くないから大丈夫。ぼく、怪我《けが》とか滅多にしないし、いつもすぐに治るから」

「何を言っている？　捻挫ぐらいと馬鹿にすると、あとで悪化することもあるだろう。とにかく、もう一度葛城に診てもらうまで、部屋で大人《おとな》しくしているんだ。いいな？」

近衛は怖い顔で命じるが、全部真白のことを思うがゆえだ。

「わかり、ました」

真白はさらに胸を熱くしながら、そう答えた。

近衛は厳しかった表情をゆるめて、真白の横に座り直す。

肩を抱き寄せられただけで真白の心臓は大きく音を立てた。

「真白……」

掠《かす》れた声とともに、するりと後頭部に回った手で横を向かされる。

正面からまともに目が合った瞬間、唇が重ねられた。

「あ、……んっ」

真白は思わず息をのんだが、熱い舌が触れただけで、くたっと力が抜けてしまう。

逞しい胸に倒れ込むと、近衛の手で上向かされる。

角度が変わったせいで、ますます濃厚に口づけられた。

「んぅ……ん、く……ふ……っ」

舌を挿し込まれ、深く絡められると、いっぺんに体温が上昇する。根元からしっとり吸い上げられると、身体中の血液が沸騰したみたいに熱くなった。

近衛は隅々まで真白の口を貪《むさぼ》ってからようやくキスをほどく。

「う、ふ……っ」

唇を離されて、真白は懸命に苦しい息を継いだ。

口の端からだらしなく唾液《だえき》がこぼれている。それより恥ずかしいのは、またあそこが硬くなってしまったことだ。

これ以上近衛にくっついていると、もっとすごいことになりそうだ。それでも、今わざとらしく身体を離すと、恥ずかしい反応を知られてしまうことになる。

けれども、隠そうとしたところで無駄だった。

近衛がくすりと笑いながら声をかけてくる。

「どうした、もじもじして？　ん？　また、やりたくなったのか？」

「ち、違っ……」

真白は真っ赤になって俯《うつむ》いた。

「大丈夫。真白がおかしくなるのは、私のせいなんだろ？　ちゃんと責任を取ってやるから、安心しろ」

耳に触れんばかりの場所でそんなことを囁《ささや》かれる。

温かな息が耳朶《じだ》にかかっただけで、真白はびくんと身体を震わせた。

「へ、平気……ぼく、だ、大丈夫だから……っ」

慌てて離れようとしたけれど、その前に近衛の腕が伸びて腰をかかえられてしまう。

近衛は両足を開き、その間に真白を座り込ませてしまったのだ。

後ろから両手で囲い込まれると、どこへも逃げようがなくなる。

「こ、近衛さん……っ」

「だから、責任は取ると言っただろう」

近衛はそんなことを言いながら、真白のジーンズに触れてくる。

「あっ」

ファスナーを下ろされて、真白は息をのんだ。

慌てて腰をよじったけれど遅すぎて、近衛の手が中にまで入り込む。

「ほら、やっぱりだ。真白はほんとにいやらしい子だね」

「やっ、ああっ」

下着の上から手を当てられただけで、強烈に感じてしまう。

その下着をずらされると、もう邪魔になるものは何もない。熱くなったものを直《じか》に握られて、真白は大きく仰《の》け反《ぞ》った。

「やっ、こんなの……っ」

いくら自分がいやらしくても、昼下がりの縁側でこんな行為に溺《おぼ》れるのは恥ずかしかった。

庄屋の屋敷を訪れる者は滅多にいない。でも、葛城が来るかもしれないのだ。

真白はなんとか近衛をやめさせようと、必死に手をつかんだ。

だが、一番大事な場所を握られたままだ。自分で加えた刺激までが、敏感な場所に伝わってしまう。

「ああっ」

「ほら、真白。暴れないで大人しくしてなさい。気持ちいいことしかしないから」

「や、っ、あ、ふぅ……っ」

真白は激しく首を振ったが、近衛は的確に愛撫《あいぶ》を加えてくる。

真白は自分でも滅多にそこを弄《いじ》ったことがなかった。だから経験豊富な近衛に煽《あお》られれば陥落するしかない。

「真白、気持ちいいようだね？　いっぱい蜜《みつ》が溢《あふ》れてきたぞ」

「ああっ、あっ、あっ……あ、あぁ――っ」

何度か擦《こす》られただけで、真白はあっさり上り詰めた。

我慢しきれず、近衛の手に大量の白濁を出してしまう。

「可愛《かわい》かったぞ、真白」

近衛はそんなふうに囁いて、そっと頰にキスしてくれたけれど、真白は羞恥《しゅうち》のあまり死にそうだった。

それに近衛の手を汚してしまった罪悪感にも襲われる。

だが強烈な快感でまだ身体が痺《しび》れたようだ。どこにも力が入らず、立ち上がることさえできない。

「ご、ご、ごめんなさいっ」

真白はどうしようもなくて、泣き声を上げた。

「謝ることはないだろう」

「だ、だって、近衛さんの手、汚し……てっ」

「これぐらい、どうということもない。昨日はもっとすごいことをしたのを忘れたのか？」

からかうように訊《き》かれ、真白はさらに赤くなった。

「まったく、これだからな……」

近衛は何故かぼやくように言い、ウェットティッシュを取り出して、真白の残滓《ざんし》を拭《ぬぐ》う。

それから丁寧に真白の乱れも元に戻してくれた。

熱は徐々に引いてきたが、恥ずかしさはなくならない。

「ぼ、ぼく……変じゃない？」

「何が変だ？」

「だって、昨日あれだけしたばかりなのに……」

「大丈夫だ。真白ぐらいの年齢ならよくあることだ。それに真白は私がキスしたから身体が熱くなったのだろう？」

近衛はそう訊《たず》ねながら、宥《なだ》めるように頭を撫《な》でてくる。

真白は素直に頷《うなず》いた。

近衛に大丈夫だと言ってもらえると、本当に安心する。

けれど、その時ふいに庭先から葛城が姿を見せたのだ。

「真白」

真白は反射的に立ち上がった。

慌てて近衛から離れようとしたが、長い足に引っかかって転びそうになる。

「真白、気をつけろ」

ぐらついた身体は、近衛に支えられた。

「ご、ごめんなさい」

真白がもたもたしている間に、葛城がすぐ近くまでやってくる。

「なんだ、おまえたちは？　いつの間にそんなに仲よくなったんだ？」

ずばりと指摘され、真白はまた赤くなった。

どう答えていいかもわからなかったが、近衛はまったく動揺を見せず、平然と葛城の問いを無視する。

「早く、真白の足を診てやってくれ」

思うような反応を引き出せなかったせいか、葛城はふんと鼻を鳴らした。

「もともと、そのつもりで立ち寄ったんだ。真白、足はどうだ？　痛みは残っているか？」

真白は、ううんと首を横に振りながら、再び濡れ縁に座り込んだ。

そばにしゃがみ込んだ葛城に足をつかまれると、先ほどの行為がバレてしまうのではないかと恐ろしくなる。

近衛がきれいに始末してくれたけれど、まだどこかに名残《なごり》があるかもしれないのだ。

葛城は真白の足首をくいっくいっと動かしただけで、簡単に診断を下す。

「もう大丈夫だな」

これを聞いて大きく息をついたのは、そばで見守っていた近衛だった。

「ま、だいたいからして、おまえが捻挫なんかするほうがおかしかったんだ。わざわざ寄ってやったんだ。お茶ぐらい飲ませろよ」

「はい」

真白が立ち上がろうとすると、すかさず近衛が止めに入る。

「まだ無理をするな。お茶ぐらいなら私が淹《い》れてくる」

肩を押さえられ、真白は曖昧《あいまい》に頷いた。

近衛はすぐに台所のほうへと歩いていく。

その後ろ姿を見送りながら、葛城は呆《あき》れたような声を出した。

「なんだ、あれは？　ほんとに近衛か？　まさか外来種が村に紛れ込んで、近衛に化《ば》けているわけじゃないだろうな」

「違いますよ、脩先生。もう、冗談ばっかり」

「ふん、まあいい」

葛城はくるりと真白を振り返る。

すべて、お見とおしだと言わんばかりに口元をゆるめられ、真白は羞恥のあまり慌ててそっぽを向いた。

「ま、ちょっと意味は違うが、これも怪我の功名ってやつだろう。よかったじゃないか、真白。近衛に抱いてもらったんだろ？」

「しゅ、脩先生っ」

あまりにもあからさまな言い方に、真白はそれしか口にできなかった。

葛城は少しも気にせずに、無造作に靴を脱いで濡れ縁に上がる。そして勝手に近衛の座敷へ向かい、畳の上にどかりと胡座《あぐら》を掻《か》いた。

真白はいたたまれなかったが、ふいに確認しなければならないことがあったのを思い出す。

それで慌てて葛城を追いかけ、そばにぺたりと座り込んだ。

「脩先生、ぼくのこと、近衛さんに」

「ダメだ。まだ早い。もう少し様子を見ろ」

先を制するようににべもなく言われ、真白はしゅんとなった。

葛城は仕方なさそうに大きく息をつく。

「あのな、おまえの気持ちはわかる。近衛と番《つがい》になって、秘密を持っているのがいやになったんだろう」

「うん……近衛さん、驚くだろうけど、優しいからきっとわかってくれるんじゃないかと思って」

「無理だな」

「でも……っ」

縋《すが》るように見つめたが、葛城は難しい顔で腕を組んだだけだ。

眼鏡《めがね》の奥の目にも冷たい光しかない。

「おまえは生まれた時から天杜村にいて、世間の常識というものを知らない。いいか、真白。おまえや俺のような人間は、この村じゃ珍しくない。しかし、よそにはいないんだ」

「それは、わかってます」

「俺たちのような種が存在することを、いくら説明しても信じる者はいない。証拠を見せるからと目の前で変化《へんげ》でもしようものなら、化け物だ妖怪《ようかい》だと恐れられるんだぞ。それだけならいいが、普通の人間に正体を明かし、もしそいつが俺たちの秘密を漏らしたら、この天杜村全体が危険にさらされる。おまえは知らないが、世の中にはおかしな人間も多いんだ。怪しげな宗教家、それに頭のネジが吹っ飛んだ科学者、俺らのように獣《けもの》の血を継ぐ者を捕らえ、利用しようとしたり、研究材料にしようという輩《やから》もいるんだ」

葛城の声は低かったが、怒りがこもっていた。

葛城の危惧《きぐ》していることは真白にも理解できる。

たとえ悪意がなくとも、近衛が真の理解者となってくれるかどうか、絶対に信用できるかどうかはまだわからないのだ。

「でも、脩先生……いつまで？　だって近衛さんは、そのうち東京に帰ってしまうでしょう？ずっと秘密にしておかなくちゃいけないなんて……っ」

真白は懸命に言い募《つの》った。

だが、その時葛城が口の前に人差し指を立てて鋭く注意する。

「しっ！」

お茶を淹れた近衛が戻ってきたのだ。

「何を秘密にしておくって？」

障子戸から顔を覗《のぞ》かせた近衛に何気なく訊かれ、真白は固まった。

しかし葛城のほうは完璧《かんぺき》なポーカーフェイスでごまかした。

「村の婆《ばあ》さんの秘密さ。つまらないことを隣の婆さんに秘密にしている。だが、墓場まで持っていくらしいって、そんな話だ」

真白はひやひやしたが、近衛は特に疑ったふうもなく、お茶のお盆を座卓に載せる。

昨夜の夕食に続き、今日は朝も昼も近衛が用意してくれた。台所にも慣れたようで、渋い色合いの茶碗には、いい香りのする緑茶が注《つ》いであった。

葛城はすぐにひとつを手に取って、美味《うま》そうに飲み始めた。

「ところで近衛、おまえ、いつまでこの村にいる？」

お茶を飲み終えた葛城は、真白がドキリとなるような問いを発する。

「そうだな……」

口を開いた近衛に、真白は逃げ出してしまいたくなった。

今すぐに帰ると言われたら、どうしよう。どうすればいい？

真白は恐怖で声も出なかったが、近衛は思いがけないことを口にする。

「新作を書き始めていたんだが、ボツにすることにした」

「ボツにする？」

「ああ、どうせ進みが遅かった作品だ。それよりも他に書きたいものができた。プロットの目処《めど》をつけたら、一度編集に連絡を入れるが」

では、そのプロットというものができるまでの間だろうか？

編集に連絡を入れたら、そのまま東京へ帰るってこと？

真白は不安で押し潰《つぶ》されそうだった。

せっかく番にしてもらったのに、すぐ離ればなれになるのはいやだ。

でも、この先、自分の身体がどういうふうに変化するか、まだわからない。もし不安定なままだとしたら、東京へはついていけない。

「書きたいものができたって、珍しいな。おまえでも創作意欲ってやつが湧《わ》き出ることがあるのか？」

葛城は驚いたように訊ね返している。

ベストセラー作家に向かい、ずいぶん失礼な質問の仕方だが、近衛はにやりと笑みを浮かべただけだ。

「失敬な言い方をするな。しかし、まあ、正直なところ自分でも驚いている。こんなふうに書きたいものが頭に渦巻いているという状態は生まれて初めてだろう」

「ふん、おまえな、それを言ったら、作家志望の人間に殺されるぞ」

真白はわけがわからず、ふたりの顔を見比べた。

「こいつはな、別に小説家になりたかったわけじゃない。適当に書き殴っていた雑文が、たまたま世間でもてはやされただけだ」

「おい、そこまで言うことはないだろう」

険悪な雰囲気になったふたりに、真白ははらはらした。

「しかし、おまえにとってはいい傾向だな」

口調を変えた葛城に、近衛は憮然《ぶぜん》としたように返す。

「それは医者としての見解か？」

「いや、おまえは俺の患者じゃないしな」

「ふん、おまえこそ、その性格でよく医者をやってられる」

どこまでも続く言い合いに、真白は我慢できずに割って入った。

「あの、ふたりとも、喧嘩《けんか》するのはやめてください」

真白の言葉が終わるか終わらないかのうちに、ふたりは顔を見合わせ、それからひと呼吸置いて盛大に噴き出す。

葛城はともかく、近衛までこんなに声を立てて笑うのは珍しかった。

「真白、心配するな。これぐらいは喧嘩のうちに入らない」

「悪かったな、心配させて」

笑いを収めたふたりに口々に慰められて、真白はほっと息をついた。

ずっと秘密をかかえていた真白は、喧嘩できるほど親しい友だちはいなかった。だから、こんなふうに言い合えるふたりが、ちょっと羨《うらや》ましくなる。

「とにかく、新作はここで書き終えたいんだが、いいか？　世話になっても？」

「ああ、ここはどうせ空《あ》き家《や》なんだ。好きにするさ。ま、真白がいいと言えばの話だな」

「いてください、近衛さん！　ぼく、ちゃんとお世話しますから！」

真白は、近衛の気持ちが変わるのが怖くて、急いでそう宣言した。

少なくとも、近衛は新作を書き上げるまで、この村にいてくれる。

今はそれ以上の望みを持つなど、贅沢というものだ。

†

近衛と身体を繋げて以来、真白はふわふわとした日々を過ごすようになっていた。

近衛は以前よりずっと熱心に執筆しているが、真白との時間も大切にしてくれる。それに何かと真白を手伝ってくれるようにもなった。

葛城は放っておいてもいいと言ったが、庄屋の屋敷は古く、傷んでいる箇所も多い。プロに頼まなければならないものはどうしようもないが、引き戸の動きが悪い場所や、窓のガラスが破損している箇所などは、真白でもなんとか修理できる。

けれども、真白が大工道具を持っていると、すぐに近衛が飛んできて、金槌《かなづち》や釘《くぎ》を取り上げてしまうのだ。

また近衛は生来器用な質《たち》らしく、最初はぎこちないものの、仕事のやり方をすぐにのみ込んでしまう。そして、家のことを色々やるのも、案外楽しそうなのだ。

料理をしたり、風呂用の薪《まき》を割ったり、家の掃除をしたり、やることはいくらでもあったが、近衛がなんでも手伝ってくれるので、真白は本当に嬉しかった。

気を遣ってもらうこともそうだが、何よりも、近衛の近くにいられることが嬉しくて仕方がなかった。

そして、ふとした拍子に触れ合ったりしたら、近衛は必ず真白を抱き寄せ、軽くキスしてくれる。時にはそのキスが深いものになり、もっと行為を進めることもあった。

夜は夜で、一緒に眠ればいいと言われ、真白の分も並べて布団を敷くようになった。

本当は別々の部屋で寝たほうがいいのだと思う。一緒にいれば、毎夜のように身体を繋げることになる。満足した真白は朝まで眠ってしまうけれど、近衛はそのあと原稿を書いている様子だ。だから、座敷で一緒に寝ると、近衛の邪魔になってしまうようで心配だった。

そして、もうひとつ真白には悩みがあった。

近衛から霊珠を介して送られた《気》で、真白の《力》はかなり増した。なのに、思わぬ時に変化してしまうのは相変わらずだったのだ。

最初は《力》が弱まって、本性に戻りつつあるのだと思っていた。だから《力》を得た今、どうしてそんなことになるのか、真白は不安でたまらなかった。

さすがの葛城もこの件に関しては、よくわからないらしい。

おそらく、長い間命名者の近衛と離れていたのに、急に大量の《気》を得るようになって、身体が追いついていないのではないかという意見だった。

今まであまり《力》を使うことがなかったので、身体のコントロールが利かないのだろうという話だ。

困るのは、変化の兆候が突然襲ってくることだ。葛城にきつく言われているので、近衛に変化するところは見せられない。

だから真白は「来る」と思っただけで、近衛に苦しい言い訳をして走り出すということを繰り返していた。

「真白、ランチに何か作ってやろうか？」

真白が台所に向かおうと庭を歩いていると、濡れ縁から声をかけられる。

「近衛さん！」

毎日一緒だというのに、相手が近衛だと思っただけで声が弾んでしまう。

「買い物、じゃなくて食材を貰《もら》いに行ってたのか？」

「はい、またトマトを貰ってきちゃった。もう食べる人がいないのに、お婆ちゃん、トマト作りがやめられないんだ」

真白はトマトを入れた籠《かご》を持ち上げながら、近衛のそばに駆け寄った。

「美味いトマトだからな。ランチでさっそく使おう」

「でも、近衛さん、お仕事は？　忙しいんじゃないの？」

「大丈夫。私の仕事は根《こん》を詰めればいいというものじゃない。それに真白と一緒にいるのは楽しいからな」

頭にふわんと大きな手を乗せられて、真白は条件反射のように頬を染めた。

自分と一緒にいて楽しいと言ってもらえるなんて、これほど幸せなことは他にない。

真白は近衛と肩を並べて台所へと向かった。

調理台の上に籠を置き、中から艶《つや》やかなトマトと茸《きのこ》を取り出す。

「ほう、いっぱい貰ってきたな」

長身の近衛に横から覗き込まれ、真白はますます鼓動を大きくした。

「サラダで食べるのもいいが、他にも何か……。真白、肉類は何が残っている？」

「あ、脩先生が注文してくれたベーコンみたいなやつがあるけど」

「パンチェッタか……チーズは？」

「あ、それも脩先生が持ってきてくれたの、残ってるよ？」

「それじゃ、あっさりしたトマトと茸のリゾットでも作るか」

「リゾット？」

「ああ、リゾットだ。今日は天気がいいから、外で食べよう。私は調理にかかるから、真白はテーブルの用意を頼む」

「はーい」

真白は弾んだ声を上げた。

庄屋の屋敷は広大で、近衛が起居している座敷とは反対側には、芝生《しばふ》だけの一角があった。

そこに、蔵から出してきた鉄製の円形テーブルと椅子《いす》を置き、時々外で食事を取っている。

真白は台所の棚からテーブルクロスを手にして、テーブルのセッティングをした。クロスは可愛らしい赤と白のチェックだ。風で飛ばないように専用の金具で端を押さえ、それから、ふと思いついてミニチュアの鉢植えを真ん中に載せた。

肌に触れる空気はひんやりしているけれど、陽射《ひざ》しがぽかぽかと暖かい。

真白はカトラリーを取りにいったん台所へと戻った。

ちょうど近衛がフライパンを使っているところで、オリーブオイルと大蒜《にんにく》のいい香りがしていた。

近衛は今まで滅多に料理をしたことがなかったという話だが、本当にびっくりするほど堂に入った姿だ。

「真白、すぐにできるから適当な皿を用意してくれ」

「はーい」

真白は今度も元気のいい返事をして、戸棚からいそいそと深皿を出した。

近衛は短時間で手早く三品も料理を作っていた。

新鮮なハーブをたっぷり使ったトマトのサラダ。それに、小さなトマトの芯《しん》をくりぬき、詰め物をした上にチーズをのせて焼いてあるもの。最後は茸のリゾットだ。

近衛の話によれば、本格的に作ったわけではなく、今朝の残りご飯を流用したので、雑炊みたいなものだとのこと。

それでもいい匂《にお》いに鼻がひくひく動いてしまうし、お腹《なか》もぐうっと恥ずかしい音を立てた。

近衛と一緒に出来たての料理をテーブルに運び、向かい合わせで席につく。

近衛は白ワインも用意していた。

「ここは本当に気持ちのいい場所だな」

「でも、今はまだいいけれど、冬になったら雪に埋もれちゃいますよ」

真白はにっこり笑いながら、そう言った。

「雪に埋もれるか……そういえば、昔ここに来た時も雪だったな」

近衛は懐かしそうに目を細める。

それは近衛が真白の命名者になってくれた時のことだ。

そう思うとなんだか胸の奥が熱くなる。

もし近衛が来てくれなければ、自分はおそらく普通の狐のままで育ち、生を終えていたことだろう。山で長く生き延びるのは難しいし、普通の狐は寿命もそう長くない。

今、自分がこうしていられるのも、近衛が「真白」と命名してくれたお陰だ。

だけど、いつまでこうして近衛と一緒にいられるのだろうか。

整った顔を見つめていると、胸がしめつけられたように苦しくなる。

今がとても幸せで、幸せすぎるから終わりが来るのが怖かった。

けれども真白は強く首を振った。不安があるからといって、暗いことばかり考えていては、せっかくの時間がもったいない。

「美味しい」

真白は近衛の料理を順番に味わい、にっこりと微笑んだ。

「ん、まあまあだな。しかし、リゾットはやはり米から調理しないと駄目か。まだまだ改善の余地があるな」

近衛は自分の料理に自分で評価を下している。

普段はさほどこだわりなどないように見えるが、やるとなれば完璧を目指さないと気が済まない性格なのかもしれない。

今まで知らなかった近衛のことが少しずつわかってくる。それも真白が幸せを感じる理由のひとつだ。

「そういえば、真白」

「はい」

「いくらなんでも、ずっとここで世話になりっぱなしというわけにはいかない。私は適当なところで一度東京に戻るが、おまえも一緒に来ないか？」

「えっ」

真白はドキリと心臓を高鳴らせた。

近衛が東京に帰ってしまう。

でも、一緒に来いと言ってくれて……。

行きたい！

近衛と一緒に行きたい。近衛のそばにいたい。

だけど、ほんとについていって、もし自分の本性がばれることがあれば、迷惑をかけてしまう。

できない。それは、できない……！

真白は蒼白《そうはく》になり、悲痛に首を横に振った。

「真白？　葛城の許可がいるなら、私から話をする」

近衛は優しく宥めるように、そう言ってくれる。

涙が出そうなほど嬉しい言葉だ。だけど、近衛に迷惑をかける可能性がある以上、どんなに望んだとしても、ついてはいけない。

しかし、その時、なんの前触れもなく、突然それがやって来た。

胸の奥がねじれるような感覚があって、それから徐々に視界がぶれて……。

「ご、ごめんなさい！」

真白はガタッと大きく音をさせながら席を立った。

そして一秒でも早く近衛から離れるために、全速力で走り出す。

「真白！　急にどうした？　待ちなさい、真白！」

「いやっ、ついてこないで！」

後ろから近衛が追いかけてくるが、真白は振り返りもせずに庭を駆け抜けた。

もうほとんど時間がない。

直《じき》に変化が始まってしまう。

近衛には絶対に見られてはいけないのに！

「真白！　止まれ！」

一生懸命に走っても、とても近衛を振り切れなかった。

真白は仕方なく、目の前にあった物置小屋に飛び込んだ。

白狐《びゃっこ》への変化は一瞬だった。

ぎゅっと体軀《たいく》が縮み、前屈《まえかが》みになる。

するんと脱げた服から小さくなった軀《からだ》で飛び出すのと、近衛が物置小屋に駆け込んできたのはほぼ同時。

「真白！　どこへ行った？　真白！」

近衛の叫びを聞きながら、狐になった真白は辛《かろ》うじて棚の向こうに身を隠した。

近衛は足下《あしもと》の服に気づき、呆然《ぼうぜん》としたように取り上げている。

きっと、ひどく心配しているのだろう。

真白は申し訳なさでいっぱいで、泣きそうになった。

突然変化してしまうのと同じで、狐でいる時間もコントロールは利かない。短い時はほんの十分ほど、長い時は半日以上ということもある。

人の姿に戻るところも見られてはいけない。だから真白は、近衛が物置から出ていってくれることだけを願っていた。

しかし近衛は、真白がこの物置に隠れているとの前提で、真白の服をつかんだままあちこち歩き始める。

「真白、出てきなさい。ここにいるのはわかっているぞ。物置から出ていく隙《すき》はなかったからな。さあ、怒ったりしないから、ちゃんと顔を見せてくれ。そして、何か困ったことがあるなら、私に話してくれ」

優しい言葉に、真白は身を震わせるだけだった。

本当に、このまま自分の本性が白狐であると告白できれば、どんなにいいか……。

けれど、いざとなれば、どれほど驚き嫌悪されるか。

近衛には、どんなことがあっても嫌われたくない。だから、告白する勇気がなかった。それに、葛城にもまだ正体を明かすなと止められている。

どうしようもなくて、真白は身をすくませているだけだった。

しかし、近衛はとうとう真白が隠れていた棚までやってくる。

真白はとっさに身を翻《ひるがえ》して、近衛のそばを駆け抜けようとした。

「待て！」

鋭い声が飛んだ瞬間、ふさふさの尻尾《しっぽ》をむんずと捕まれた。

そのまま、逆さに持ち上げられる。

「キャウン……」

尾の付け根に全体重がかかり、真白は情けない声を上げた。

痛いのを我慢して反動をつけても、近衛は尻尾を離してくれない。お陰で時計の振り子のように軀が揺れてしまい、さらに惨《みじ》めな格好になった。

人間の言葉をしゃべるわけにはいかないので、クウンと甘えるように鳴いてみる。

それでも近衛の同情を引くことはできなかった。

「また、おまえか……。ここで何をしている？　巣でも作っているのか？」

「クゥ……ン」

哀れっぽい声を出すと、ようやく近衛の態度が少しやわらぐ。

「このままじゃ、いくらなんでも可哀想《かわいそう》か。どれ、これでどうだ」

近衛はさらに真白の尻尾を持ち上げてから、すとんと自分の胸に落とし込んだ。

少しはましになったものの、要所要所に近衛の腕が絡み、ぎゅっと抱きしめられる。何をしようと、絶対に逃げ出せない体勢だった。

「なあ、子狐。真白という子がここでいなくなった。あの子がどこへ行ったか、おまえは知らないか？　知っているなら教えてくれ」

近衛は、子狐がまるで人間であるかのように、真剣に訊ねてくる。

こんなにも心配してくれているのだ。

本当のこと、言ってはいけないだろうか？

「あの子が急に消えてしまった。だが、脱いだ服がそこにある。だからな、おまえは知っているはずだ。真白がどこにいるのか、教えてくれ」

ぼくは、ここにいます。

真白はそう言う代わりに、真剣な眼差《まなざ》しで近衛を見つめた。

「おまえは利口そうな目をしているな。私の話がわかるのか？」

「…………」

真白は答えの代わりに、ふさふさの毛に包まれた尾を、大きくばさりと振った。

その瞬間、近衛は愛《いと》おしげに真白の軀をぎゅっと抱きしめた。

薄いシャツをとおして近衛の体温が伝わる。胸にぎゅっと押しつけられているので、トクントクンと規則正しい鼓動も直に伝わってきた。

どんな時だって、近衛の腕の中にいれば安心できる。切羽詰まった状況だったのに、不思議と気持ちが落ち着いてくる。

ああ、もしかしたら、案外早く人間に戻ってしまうかもしれない……だって、こんなに気持ちよくて……。

真白は近衛の腕に抱かれていることに、うっとりとなっていた。

しかし、そんな時間も長くは続かない。

「近衛、こんなところで何をしてるんだ？」

呆れたような声を出しながら物置小屋を覗き込んできたのは、葛城だった。近くで往診があったのか、長い白衣を着ている。

「葛城……」

「おまえ、何を抱いてるんだ？　そんなにきつくして可哀想だろ。離してやれ」

「また真白がいなくなった。ここで消えたんだ」

近衛は眉《まゆ》をひそめて言いながら、そっと真白を床に置く。

葛城は、今のうちに逃げろというように、こっちを見る。

真白はダッと全速力で戸口を目がけて走り出した。

†

狐から人の姿に戻れば、服がいる。遠くへ行くわけにもいかず、真白は仕方なく屋敷の中に駆け込んだ。

葛城がうまく言い訳をしてくれればいいが、本当に危ないところだった。

真白は自分の部屋に行き、襖《ふすま》の引き手に鼻先をつけた。そうして重い引き戸を苦労して開ける。少し隙間《すきま》ができれば、あとは軀を割り込ませるだけでいい。

同じ要領で押し入れの戸も開けて、畳んだ布団の一番奥に身を隠した。

だが、先ほどはすぐ人間に戻りそうだったのに、なかなか変化の兆候が出ない。じりじりと待っているうちに時間だけが刻々と過ぎていく。

近衛はどうしただろうか？

自分のことを心配してくれているのに、秘密は明かせない。近衛を騙《だま》しているようで、申し訳なさだけに襲われる。

そしてなんの変化も起きず、二時間ほどしてからのことだった。

「真白、そこにいるなら出て来い」

部屋のすぐ外で、葛城の大きな声が響き渡ったのだ。

きっと近衛は近くにいないのだろう。そう思って真白は急いで押し入れから駆け出した。

だが、部屋の入り口で仁王立ちになっているふたりの男に、はっと身をすくませる。

「おまえはさっきの狐……どういうことだ、葛城？」

近衛は取りつく島もないように、冷え切った表情で狐に変化した真白を見下ろす。

ふたりの間で何があったのか、葛城も近衛に負けないぐらい憮然とした様子だった。

「こいつが真白だ。おまえは真白を東京に連れていくと言ったが、真白のこの姿を見ても、同じことが言えるか？」

葛城は真白を指さし、厳しい声で訊ねた。

「しゅ、脩先生っ！」

あまりのことに、真白は思わず叫んでしまった。

「なん、だ……？　……その声……」

近衛の目が信じられないというように見開かれ、真白ははっとなった。

狐の姿だったのに、人間の言葉をしゃべってしまったのだ。

これでは自ら正体を明かしたも同然だった。

近衛は何度も瞬《まばた》きを繰り返している。真白は不安のあまり、ばさばさと尻尾を振ったが、もう取り返しはきかなかった。

この場でひとりだけ冷静な葛城が、何事もなかったように話を続ける。

「声を聞いただけでは、まだ信じられないようだな。真白、近衛に見せてやれ。今すぐこの場で人間に戻ってみろ」

無茶な注文に、真白はぶんぶん首を振った。

「おまえだって、これ以上近衛に隠しておくのはいやだと言っていただろう。いいから、この場で変化してみせろ」

「だ、だって……ぼく、できないよ、脩先生」

泣きそうな声で訴えると、近衛がショックを受けたようにぐらりと後退する。

今度は明らかに真白の声だと認めたようだが、それでも信じられない気持ちのほうが強いのだろう。

「真白、おまえのそれは、単に慣れの問題だ。神社から霊珠を持ってきた。近衛も近くにいる。おまえにとってはこれがベストの状態だ。近衛に霊珠を持ってもらい、自分の《力》を解放してみろ。コントロールが利かないなんて、甘ったれたことを言うな。おまえはもう命名者の《気》を取り込んだ。変化ぐらい、いつだってできるはずだ」

「そ、そんな、脩先生……っ」

「近衛、この霊珠を持っていてくれ」

葛城はそう言い足すと、診療鞄《かばん》の中から無造作に霊珠を取り出した。そして、その霊珠を近衛の手に押しつける。

その瞬間、ひときわ強烈な《力》が体内に流れ込んできた。近衛の《気》が霊珠を介し、どっと真白の中に流れ込んだのだ。

「さあ、真白。目を閉じて気息を整えろ。もうおまえにはできるはずだ」

葛城に叱咤《しった》され、真白は四肢を踏ん張って目を閉じた。

深く静かに呼吸を繰り返すと、不思議なことに心身が隅々まで研ぎ澄まされていく。そして、自分の身体の細胞ひとつひとつの存在までが知覚できるような気がしてきた。

人間の姿に戻る。

戻るんだ。

いつも変化は突然起きていた。真白がそれと自覚する前に、細胞が変化していく。そしていつの間にか元の姿に戻るといった感じだった。

しかし、今回は何かが根本的に違う。

身体の中心が燃えるように熱くなり、大いなる《力》が自分の内にこもっていることがわかった。

その《力》によって、真白を構成する組織が変化していく。

時間にすれば、ほんの一瞬だっただろう。

だが、真白は見事に自分の意志によって、元の姿に戻ったのだ。

「よし、それでいい。よくやった」

近衛が驚きで棒立ちになっているのをよそに、葛城が優しい声を出す。そして葛城は自分が着ていた白衣を脱いで、真白の裸身を覆い隠した。

「本当に……真白、だったのか……」

近衛が呆然としたように呟く。
真白は罪の意識に耐えられず、この場で唯一頼りになる葛城へと身を寄せた。
葛城はいつものように真白を抱き寄せ、わしわしと髪の毛を掻き混ぜる。
「脩先生……」
真白は葛城の手を避《よ》けるため、するりと葛城の背中側へと回った。
その時、ちらりと近衛の姿が目に入る。
凍りつきそうな視線が突き刺さり、真白はたまらず葛城の背中にしがみついた。

8

何もかも信じられず、近衛はいい加減うんざりした気分になっていた。

庄屋の座敷で座卓を囲み、葛城と真白、それに自分の三人が顔をつき合わせている状態だ。

真白はすでに着替え終わり、いつものシャツとデニムという格好だった。それが少し前まで小さな白狐だったとは、いったいなんの冗談だと言いたい。

だが、近衛は確かに見た。

ふさふさの尻尾を生やした白狐が、人間の姿、真白に戻るのを確かに見たのだ。

３Ｄ映像でも仕掛けてあったのか、それとも催眠術にかけられたか、あるいは自分の目か頭がおかしくなったか……。

ありとあらゆる可能性を検討してみたが、真白と白狐が同一のものである事実は変わらないらしい。

そして近衛はこの上ない苛立《いらだ》ちにも襲われていた。

「で、きちんと納得のいく説明をしてくれるんだろうな」

床《とこ》の間《ま》を背に、近衛はむっつりと腕を組んだ。

葛城は向かい側に、真白はその横にちょこんと行儀よく座っている。

「近衛、中学生の時、おまえにこの天杜村まで来てもらったこと、覚えているだろう？」

「ああ」

「あの時、おまえには、名付け親になってくれるように頼んだ。俺の父がまだ生きている頃で、おまえは霊珠を抱いた狐の子に、真白と名付けてくれた」

葛城は淡々と説明したが、近衛の苛立ちは最高潮に達していた。

「まさか、あの時の犬の子が真白だったと言いたいのか？」

「犬の子じゃない。真白は狐の子だ」

冷静に訂正され、近衛はぎりっと奥歯を噛みしめた。

そして真白はといえば、怯《おび》えたように俯いている。

しかし真白は葛城だけを頼りとし、意識的にかそうじゃないかはわからないが、なんとなく隣の男に身を擦り寄せていた。

その様子がまた近衛の苛立ちを増幅する。

「それで、今回は何をさせるために私を呼びつけた？」

「真白のためだ。この霊珠、おまえも見覚えがあると思うが、この霊珠をとおして命名者とその名付け子は深く繋がる。名前を貰った個体は、霊珠をとおして命名者の《気》を身体に取り込んで《力》となす。だが、おまえは東京暮らしで、真白はおまえから《気》を貰えない状態だった。このままでは、いずれ真白は人としての形が保てずに、狐に戻ってしまう。それで、もう一度おまえにこの村まで足を運んでもらったのだ」

「それは、最初から私を騙し、今度も都合よく利用するつもりだったと、そういうことか？」

近衛は思いきり冷ややかに追及した。

「否定はしない」

葛城は長い指でわざとらしく眼鏡のフレームを押し上げながら、ふてぶてしく答えた。

横の真白は今にも泣き出しそうに、唇を震わせている。

しかし、いくらそんな姿を見せられても、腹立たしさは消えなかった。

「まったく、ひどい話だな。おまえの話が本当なら、私も当事者のひとりということになる。なのに、今まで説明もなしに協力させられていたというわけか……。それで？　この上、私に何をさせる気だ？」

冷ややかに吐き捨てると、真白がまたぴくりと身をすくめる。

今さらそんな姿を見せたところで、騙されるものか。

近衛はそう思うだけだった。

「はっきり言って、真白はおまえのそばにいないと、この先もどうなるかわからない状態だ。通常、我々は命名者のごく近くで育つ。大人になるまでに充分に《力》を溜《た》めることができれば、あとはずっと人の姿でいることが可能だ。しかし、真白はその《力》をまったく得られずに育ってきた。おまえがこの村に来てくれたお陰で、一気に《力》を得たところだが、それだけでは充分とはいえない」

「それで私に、真白の面倒をみろと？」

「まあ、そういうことだ」

あっさり肯定されては、もはや文句を言う気力もなくなる。

葛城という男には、昔から底の見えない部分があった。

中学時代もそうだ。誰に対しても気さくな態度を取る。その実誰にも本心を明かさない。

そういう人間だった。

葛城が何を考えているか、推測するのは不可能で、今こうして秘密を明かされていても、
全面的に信用する気は起きない。

「ところで、葛城。さっきから我々は、という言い方をしていたが、真白だけじゃないのか？

その……獣の……」

さすがに言いよどむと、葛城はふいににやりとした笑みを見せる。

「遠慮することはない。獣という呼び方でけっこうだ。とにかく、この天杜村にはまだ何人
も獣の血を引く者が住みついている。おまえの想像どおり、俺もその内のひとりだ」

あっさり明かされて、さすがの近衛も目を見開く。

「まさか、おまえも狐……なのか？」

「いいや、俺は狐じゃない。俺の本性、見たいか？」

どこか面白がっているように問われ、近衛はむっとなった。

葛城の態度は、近衛がどういう態度を示すか試しているとしか思えない。

今まで何も言わなかったのも、はなからこちらを信用していなかったせいだろう。

「ああ、見せてもらおうか。おまえの本性とやらを」

「いいぜ」

葛城はそう言って、ゆっくりと立ち上がった。

「しゅ、脩先生……」

横から真白が心配そうに声をかける。

その真白に優しげな笑みを向け、葛城はゆっくり頭を振った。

目の錯覚。

いや、そんなことを思う間もなく、目の前の空気が怪しげに揺らぐ。

一瞬ののち、庄屋の座敷には、黒と銀の艶やかな体毛に覆われた、巨大な狼《おおかみ》が出現していた。

†

狼に変化してみせた葛城がゆったり座敷から出ていって、残された白衣一式をつかんだ真白があとを追いかけていく。

極めて非日常的な光景を、近衛はどこかおかしく思いながら眺めていた。まるで映画か何かのように、すべてが作り物めいていて、今ひとつ自分が当事者であるとの実感が湧かない。

「白狐に狼か……ふん、それなら私もその霊珠の《力》とやらが作用すれば、何かの動物に変身できるのか？　狐と狼とくれば、狸《たぬき》か？　それとも兎《うさぎ》か？　ああ、そういえば、鹿《しか》とか熊という可能性もあるな」

近衛は座卓の上に置かれた霊珠を横目に、皮肉っぽく口にした。

昔から日本にいる獣ばかり思いついたのは、この天杜村という閉鎖的な環境のせいだ。虎《とら》やライオンがこの村を歩いているところは想像がつかない。

そこまで思って、近衛は自嘲《じちょう》気味に笑った。

自分はすでに狐や狼の血を引く半獣、あるいは獣人の存在を認めている。

あまりにものんびりした環境だったので、雰囲気に毒されてしまったのかもしれない。

「馬鹿馬鹿しい」

近衛は独りごちて、ごろりと背中を倒した。

後頭部で腕を組んで枕《まくら》代わりにし、軽く目を閉じる。

すると、まぶたの裏に、ふさふさの尻尾を揺らして野山を駆け巡る子狐の姿が浮かんだ。

三角の耳をピンと立て、純白の美しい毛に覆われたしなやかな軀。狐目などというが、瞳《ひとみ》はつぶらで顔立ちも可愛らしい。

真白がその白狐だというのは、なんとなく納得できる。そして葛城の狼もなるほどという感じだ。

近衛の思考はまた異形《いぎょう》の存在を認める方向へと動いていた。

そう……信じる信じない、問題はそこではない気がする。

苛立ちが消えないのは、この場では自分ひとりがよそ者だという疎外感に襲われるからだろう。

真白と葛城は同種の人間。自分は真白を生かすため呼ばれたにすぎない。

目を閉じて様々なことを考えているうちに、密《ひそ》やかな足音が戻ってくる。

それとほぼ同時に、葛城の車のエンジン音が響いてきた。

「なんだ、葛城は帰ったのか？」

近衛は横になったままで、わかりきったことを訊ねた。

近衛がどういう答えを出すか、最後まで見届ける気もない。おそらく秘密を明かした段階で、こちらがどういう態度を取るか、見極めていたのだろう。

いかにもずるいやり方だ。

本当に食えない男だと、近衛は胸の内で舌打ちした。

真白はすぐ近くまで来て、力が抜けたようにぺたりと畳に座り込む。

「脩先生は……帰りました」

蚊が鳴くような声で答える真白は、おそらく罪悪感でいっぱいになっているのだろう。己《おのれ》が人間でいたいがために、見事に自分を騙してくれたのだから当然だ。

「そうか」

それ以上言うべき言葉も見つからず、近衛は両目を閉じたままで床に転がっていた。

すると切羽詰まったように、真白が擦り寄ってくる。

「ご、ごめんなさい！　ごめんなさい……ご、ごめんなさいっ」

嗚咽《おえつ》を上げながら繰り返す真白に、近衛はようやく目を開けた。

真白は涙を溢れさせ、盛んにしゃくり上げている。

近衛は思わず真白に向けて手を伸ばした。しかし、その手を途中でぐっと握りしめる。

ここで真白を慰めて、そのあとどうしようというのだろう。

真白が自分に抱かれたのは、命名者とやらの力を欲していたからにすぎない。どういう具合になっているか、近衛には見当もつかないが、体内のメカニズムが狂っただけのことだ。

自分は真白の性的指向を誤解していたが、あれは恋愛感情どころか、まともな性衝動ですらなかったのだ。

「今さら謝罪は必要ない」

「で、でも……っ」

真白は必死の形相《ぎょうそう》で唇を震わせる。

「確かに、何も知らされていなかったことに関しては文句もあるが、それは葛城に対してであって、おまえを怒っているわけじゃない」

「だけど、悪いのはぼくで、脩先生は、ぼ、ぼくのために色々やって、く、くれただけだから……っ」

懸命に訴える真白を見て、近衛はますます気持ちが冷めた。

この期《ご》に及んでも、大事なのは脩先生か。

ま、それも当然だな。

近衛は皮肉っぽく思い、改めて口を開いた。

「おまえがいくら謝ろうと、すべてが元に戻るわけじゃない」

「……こ、近衛……さん」

「そんなに必死になる必要はない。葛城に頼まれたとおり、おまえのことは最後まで面倒をみてやる。途中で見捨てたりはしないから、安心しろ。わかったら、しばらくひとりにしてくれ。眠くなった。少し昼寝をする」

近衛は冷ややかに告げて、真白から視線をそらした。

昼寝を言い訳に、真白に背を向けるように寝返りを打つ。

真白がはっと息をのむ気配がしたが、近衛は再び目を閉じた。

信用し、愛情を持って接した相手に裏切られるのは、これが初めてじゃない。

他人とは必要以上に関《かか》わり合うな。

子供の頃からずっと己に言い聞かせてきたのに、純真そうな外見に騙された。

真白が必要としていたのは命名者という存在で、本当の意味で自分を慕っていたわけじゃない。真白が信頼し、甘え、すべての愛情を向けているのは、同族である葛城しかいない。

その事実を見せつけられて、ひどく落胆している自分が滑稽《こっけい》だった。

†

近衛に嫌われた。

そう思っただけで胸が潰れそうだった。

近衛はすぐ近くにいるのに、真白のすべてを拒絶するように、背中を見せているだけだ。

人のいい近衛を騙していたようなものだから、嫌われるのは当然だった。

それにちゃんとした人間じゃなくて、真白は半分狐なのだから、嫌悪されるのも当たり前の話だ。

もう二度と口をきいてくれないかもしれない。

優しく笑いかけてくれたりしないかもしれない。

それに、怒った近衛は予定を早め、東京に帰ってしまうかもしれないのだ。

どれも真白には受け入れがたいことだった。

あっちへ行けと言われたけれど、近衛から離れるのが怖い。どうしていいかわからず、真白は近衛の背中を見ながらただ震えていた。

「何をしている?」

冷ややかな声が響き、びくりとなる。

畳の上で横になっていた近衛は、舌打ちしながら半身を起こした。

「私を見張っているのか? すぐに東京に帰られては困るのだろう?」

「ち、違……っ、み、見張ってるなんて……」

真白はふるふる首を振りながら、か細い声を出した。

見張っていたつもりはないが、近衛と離れるのが怖くて動けなかったのは事実だ。だから、それ以上何を言っていいかわからなかった。

「私がおまえにどういう影響を及ぼすのかは知らない。だが、おまえが生きていくために私の存在が必要だというなら、見捨てたりはしない。さっきもそう言っただろう」

近衛の言い方は丁寧だったが、声には冷たいものが混じっていた。

見捨てたりしない。

そう言われて嬉しいはずなのに、何故か素直に喜べない。

近衛は優しい人だから、自分を可哀想だと思ってくれているのだ。

だけど、真白は喉《のど》の奥に何か大きな固まりができたみたいに苦しかった。

見捨てたりしないと言ってもらった。これ以上を望むのは贅沢で、身の程知らずだ。

それでも苦しさがなくならない。

「こ、近衛さんは、ぼ、ぼくのこと、気持ち悪くないいんですか？」

真白は辛うじてそう訊ねた。

「気持ち悪い？　別にそうは思わないが？」

「でも、近衛さんはもう……っ」

「もう、なんだと言うんだ？」

冷ややかに問い返されて、真白は唇を噛んだ。

自分は何を訴えたかったのだろうか。

「真白、言いたいことがあるなら、はっきり言え。これ以上、わけのわからないことに巻き込まれるのはごめんだ」

「い、いやだ……っ」

真白は夢中で近衛に取り縋った。

近衛はしっかりと受け止めてくれたが、それだけでは安心できない。

こんなに近くにいるのに、今の近衛がひどく遠く感じられて、真白はますますぎゅっとしがみついた。

「なんなんだ、おまえは……甘えたいなら葛城がいるだろう」

「やっ……脩先生は関係ないっ。ぼ、ぼくは近衛さんが……す、っ。……こ、近衛さんと、離れ、……たく、な……っ」

真白は切れ切れに訴えた。

何をどう説明していいかなんてわからなかった。

ただ、ちょっと前までの近衛を取り戻したい一心で、縋りついていただけだ。

けれども近衛はますます冷ややかな雰囲気になる。

「真白、今さら私に媚《こ》びる必要はない」

「こ、媚びるって、何……？」

「おまえが今やっていることだ。懐《なつ》くなら、葛城を相手にしろ。自分の行く末が心配なのはわかるが、これ以上、私の機嫌を取る必要はない」

「そ、そんな……っ、違うから」

「何が違う？　それとも、媚びを売っているだけじゃなく、また、発情でもしたのか？」

近衛は苛立たしげに真白の腕をつかみ、ぐいっと自分の胸から引き離した。

「いやだっ」

真白はそれでも夢中で近衛に抱きついた。

近衛が発した言葉の数々を、深く考えてみる余裕などなかった。

ここで離れてしまってはお終《しま》いだ。その危機感だけに駆られてむしゃぶりつく。

あまりの勢いで、さすがの近衛もぐらつく。真白はそのまま近衛を押し倒して、上に乗り上げるような格好になった。

「真白、おまえは」

「いやだ。いやだ」

真白はもう何を言っているかもわからず、近衛の首筋に自分の顔を擦りつけた。

ぺろりと首筋を舐《な》めてしまったのも、ほとんど本能的な行動だった。

近衛はびくりと反応し、両手でぐいっと真白の身体を引き剝《は》がした。

「やっぱり発情しているようだな。そんなに私に抱かれたいのか？　私がおまえの命名者とやら、だからか？」

間近で呆れたように顔を覗き込まれ、真白は息をのんだ。

近衛の目と視線が絡むと、もう目をそらすこともできない。

真白は無意識にこくりと頷いた。

その結果、何が起きるかなんて考えている余地はなかった。

「くそっ」

近衛は珍しく悪態をつき、今度は真白の後頭部を押さえて自分のほうに引き寄せる。

そして、噛みつくように口づけられた。

「んんっ、ぅ」

ぬめった舌が挿し込まれ、縦横に口中を動き回る。

甘い唾液が混じり合ったとたん、身体の芯がかっと燃え上がった。

ドクンといっぺんに血液が沸騰し、一箇所に集まっていく。

四つん這《ば》いで近衛の身体に乗り上げていた真白は、無意識に腰を揺らして熱くなった下肢を近衛の逞しい腿《もも》に擦りつけた。

「んんっ」

口を吸い合っていると、気が遠くなるほど甘さを感じる。

でも、それだけではとても足りない。もっともっと身体のすべてで近衛の存在を感じ取りたかった。

誘うように腰を揺らし、両手の指を近衛の髪に滑らせる。

本能の命じるままに従う真白には、恥ずかしさなど微塵《みじん》もなかった。

無我夢中で口を吸い、息継ぎのためにようやく唇を離すと、近衛が呆れたように呟く。

「……まったく、なんてことだ。発情したら、相手が誰でも見境ないのか」

嘲《あざけ》るような言葉にも、真白は止まらなかった。

「ぼ、ぼくは、近衛さんがっ……近衛さんと……っ」

「そんなに私に抱かれたいのか？」

怒ったように問われ、真白は息をのんだ。

ただ抱いてほしいだけじゃない。もっと違うものも一緒にほしい。

でも、真白にはそれがなんであるか説明できない。だから今はただ、一番強い欲求に従って、近衛に身を投げかけた。

「抱いて、ほし……っ、ぼ、ぼくは、近衛さんが……っ」

「まったく……」

抱き留めた近衛が仕方なさそうに吐き出す。

しかし拒まれたわけではなく、近衛の腕は真白の細い腰を引き寄せた。

あとはもう言葉などなくてもいい。許されたからには、身体の奥から湧き上がる欲求をぶつけるだけだ。

真白は夢中で近衛の服に手をかけた。

近衛に馬乗りになったまま、覚束《おぼつか》ない手つきでシャツのボタンを外し、逞しい胸を剝《む》き出しにする。

近衛も同じように真白の服を脱がせにかかる。

互いの上半身があらわになるまでは、あっという間だった。

「あぁっ」

近衛の手で胸を撫でられただけで、真白はびくりと震えた。

赤く尖《とが》った粒を摘《つま》まれると、じいんとした痺れが身体の芯にまで伝わる。

真白は我知らず腰をくねらせた。

「相変わらず感じやすい……」

近衛は呆れたように囁いて、真白の乳首に爪《つめ》を立てる。

「あっ、やあ……っ」

たったそれだけの刺激で一気に性感が高まった。まだ下肢は乱されてもいないのに、極めてしまいそうになる。

近衛に触れられただけで、どうしてこんなに感じるのかわからない。

「純真無垢《むく》な顔をしているくせに、快楽に弱い……ほんとに始末に負えないな」

近衛はそんなことを口にしながらも、真白のジーンズに手をかけてくる。ボタンを外され、ファスナーを下ろされただけで、さらに中心が張りつめた。

じわりと蜜も溢れ、下着が濡れてしまう。

けれども羞恥より欲求が勝り、真白は近衛を誘うように腰を揺らした。

「あ、んっ」

腰骨を宥めるように撫でられただけで、甘ったるい声が上がる。

ジーンズの中に手を挿し込まれると、さらに期待が高まった。

けれども近衛は意地悪く、そこで動きを止めてしまう。

「や……っ」

潤んだ目でにらむように見ると、近衛は僅《わず》かに口元をゆるめた。

「欲しいなら自分でやってみせろ」

「あ……」

「やり方ならもう知っているはずだ」

「……んっ」

真白はこくりと頷いて後方に身体をずらした。

抱いてほしければ、近衛にも自分と同じくらい熱くなってもらうしかない。

今までの経験でなんとなくわかっていた。

真白は震える手で近衛のスラックスに手をかけて、下着をずらした。すると逞しい屹立《きつりつ》があらわになる。

真白は迷わず大きなそれを両手で包み込んだ。

「う……」

かすかに漏れた声に勇気を得て、逞しいものに指で刺激を加える。

じわりと先端が濡れてきた時は、誘われるように、そこへ舌先も伸ばした。

ぺろりと舐めてみると、近衛の中心がそれだけで意志のあるもののように震える。

最初に感じたのは苦みだったが、何故かもっと味わいたくなって、先端を口に含んで吸いついた。

「んっ、ん、くっ」

あとはもう夢中で舐め回す。

技巧など知るはずもなく、ただ近衛が反応を示してくれるのが嬉しくて懸命に口を使うだけだった。

「くっ」

くぐもった呻《うめ》きとともに、口の中の近衛がひときわ大きく張りつめる。

もっと深く咥《くわ》えようとすると、近衛の手が顎《あご》にかかって動きを止められた。

大きなものから口を離すと、近衛の両手が腰にかかる。

「尻《しり》をこっちに向けろ、真白」

近衛はそう言いながら、真白のジーンズを押し下げた。

そして手早く邪魔なものを取り去って、再び真白の足に手をかける。

「あ……」

ぐるりと身体の向きを変えられて、近衛の胸を跨《また》ぐ格好にさせられた。

剝き出しの秘所を近衛の眼前にさらす恥ずかしい体勢だったが、真白は少しも気づかなかった。気になったのは目の前にある逞しいものだけだ。

再びそれを手にして唇を近づけると、近衛の指が尻にかかる。くいっと左右に開かれて、びくりとなった瞬間、何か温かく湿ったものが狭間《はざま》に押しつけられた。

「ああっ」

じっとりと敏感な場所を舐められて、真白は高い喘《あえ》ぎを漏らした。

今まではただ夢中だったけれど、急に羞恥が湧いてくる。

あの近衛に恥ずかしい場所を舐められていると感じただけで、ぎゅっと身が縮んだ。けれどもその一方で、宥めるような舌の動きに身体が甘く痺れてしまう。

「やっ……あ、あん……」

近衛に気持ちよくなってもらうはずだったのに、手の動きはすっかり疎《おろそ》かになり、真白はただ甘い声を上げ続けた。

「ひくひく、誘っているな……」

「や、んっ」

濡らされた場所を指でなぞられると、びくりと大きく震えてしまう。

次の瞬間には、つぷりと指を中に入れられた。

「何もしなくても、熱く蕩《とろ》けている」

近衛は呆れたように言いながら、指を深く挿し込んでくる。

「あ、ああっ」

真白は大きく背を反らしながら近衛の長い指をのみ込んだ。

敏感な場所をくいっと抉《えぐ》られると、我慢できない疼《うず》きが身体中を駆け巡った。

近衛は指で中を広げながら、蜜をこぼす前にも手を伸ばしてくる。

「ああっ、あ、やぁ……うっ、くっ」

指でゆっくり蕾《つぼみ》を掻き混ぜられて、前も宥めるようにやんわりと握られる。

前後から刺激を受けて、真白はすぐに限界が来た。

だが、ぶるっと腰を震わせて、精を吐き出そうとした時、近衛の手できゅっと根元を締めつけられる。

「やああっ」

達する寸前で堰《せ》き止められて、真白は悲鳴をあげながら首を振った。

近衛を振り返る途中、視界の端を光るものが掠める。

涙で潤んだ目を見開くと、座卓に置かれた霊珠が光を発していた。真白の心臓は大きく鼓動を刻み、それと同期するように青白い光が明滅する。

真白はすうっとその光に吸い込まれそうになったが、その時近衛から掠れたような声をかけられた。

「真白、達《い》きたければ、私を受け入れてからにしろ」

「あ……」

真白は大きく胸を喘がせた。

近衛と番ってひとつになりたい。

それを上まわる欲求は何もなかった。

「こっちを向いて、自分で入れてみろ」

近衛の声に導かれ、真白はゆっくり身体を動かす。そして近衛の手で腰を支えられながら、体勢を整えた。

近衛の腹に両手をついて逞しい腰を跨ぎ直す。

だが、そこまで来て何故か急に羞恥が込み上げてきた。

近衛と繋がりたいと強く思うのは、発情期を迎えているせいだろうか。自分でも持て余すほどの衝動なのに、近衛はしっかり受け止めてくれる。

「こ、近衛……さんっ」

「さあ、大丈夫だ……真白」

宥めるように言われ、真白は恥ずかしさを堪《こら》えて腰を落とした。

蕩けた窄《すぼ》まりに、硬い切っ先がめり込む。

「あ、ああっ……ふ、くぅ」

いくら蕩かされていても、巨大なもので割り開かれるのは苦しい。それでも真白は何度も息を継いで、逞しい近衛を最後まで受け入れた。

「真白……」

近衛の声にいくぶん甘みが増し、真白は繋がったままで上体を倒した。すぐに近衛の腕が背中にまわって、しっかりと抱きしめられる。

「んっ、うぅ」

近衛は下からゆっくり腰を突き上げてきた。

緩慢な動きでも、近衛を咥えてぎちぎちになった内壁が擦れる。そのたびに恐ろしいほどの悦楽が生まれて、身体中に伝わった。

真白は自分からも腰を揺らして存分に気持ちよさを貪った。

羞恥がなくなったわけじゃない。でも、近衛とひとつに溶け合いたいとの欲求のほうが上まわっている。

「おまえはほんとにエロくて可愛いな。こんなに煽られるのはおまえだけだ」

近衛は睦言《むつごと》のように囁きながら、小刻みに突き上げてくる。

「んっ、気持ち、いい……っ」

真白は素直に声を上げて、近衛の胸に縋りついた。

「おまえがあの狐だったとは、今でも信じられない。この耳が三角になっていたとは……」

近衛はそう囁いて、真白の耳たぶにそっと歯を立てた。

「やっ、……ああっ」

びくんとひときわ大きな震えがくる。

思わず首をすくめると、今度は宥めるように耳朶を舐められた。

「真白……」

「んっ……うぅ……く、ふっ」

近衛の囁きに耳がひくひくする。近衛の息がかかった場所がむずむずした。歯を立てられた場所もかっと熱くなって、舐められた耳朶も痺れたようになる。

それと同時に身体の芯でいっそう強い快感が生まれた。

「……真白？　……すごい……」

「な、何……？」

「……耳が……」

上《うわ》ずった声に、真白は甘えるように頭を擦りつけた。

髪の間からぴょこんと飛び出しているのは、やわらかな純白の体毛に覆われた三角の耳だ。

けれども悦楽に捕らわれた真白は、自分の耳が変化したことにまったく気づかなかった。

「あ、んっ」

腰を突き上げられるたびに、快感が強くなる。

「……まったく……どうかしてるな……こんなのを見せつけられても、おまえに煽られているのは同じだ」

近衛に両耳をつかまれて弄り回される。

「やっ」

それでも真白の気持ちよさは変わらなかった。

体内に収まった逞しいもののことで頭がいっぱいで、ほかは何も考えられない。

「こっちはどうだ？」

「やっ」

次に触れられたのは、近衛と繋がっている場所のすぐ近くだった。

ぎりぎりのところを指でくすぐるように擦られる。

するとたちまちそこもむずむずと痺れたように熱くなった。

「真白、尻尾も出てきたぞ」

「え？」

「おまえはやっぱり狐なのか」

近衛は掠れた声で呟いて、ふさふさの尻尾をつかむ。

「やあぁっ」

真白はひときわ高い叫びを発した。

まさか、近衛と繋がっている最中に、そんな事態になるとは信じられない。

でもぎゅっとつかまれている感触はまぎれもなく本当で、尻尾が生えてしまった事実は変えようがない。

「や、やだ！　は、離してっ」

「今さら何を言う？」

繋がりを解いて逃げ出そうとしたのに、腰と尻尾を押さえられていては身動きが取れない。

そのうえ近衛は何故か笑みを見せながら、突き上げる動きを速くする。

「ああっ、やっ、あぁぁ……っ」

ひときわ奥まで太いもので突かれ、真白はあっさり限界を超えた。

抑えようもなく体内から迫《せ》り上がってきた欲望を外へと放出する。

最後までふさふさの尾をつかまれながら、上りつめていた。

9

「それじゃ、ぼくがこれからどうなるか、まったくわからないんですか？」

真白は葛城の診療所の椅子に腰かけながら、情けない声を出した。

近衛に真実を明かして一週間。

表面上は何も問題なく、穏やかな日々が続いている感じだった。

近衛は案外剛胆な性格なのか、真白の本性が白狐であるとわかっても、怖がる様子も見せないし、特別に嫌悪するということもなかった。

真白は今までと変わりなく近衛の世話を続けていた。近衛が優しさを示してくれるのも変わりないし、身体の関係も続いている。

けれども真白はかすかに感じ取っていた。

近衛の優しさはあくまで上辺《うわべ》だけのことで、正体を明かす前とは明らかな違いがある。

優しい態度とは裏腹に、近衛から感じるのは突き放したような冷ややかさだった。

表面上だけでも優しくしてくれるのは、あくまで義務として。それ以上でもそれ以下でもない。むしろ、心の中では真白を軽蔑《けいべつ》しきっている。

そんな印象だった。

真白が相談できるのは葛城しかいない。甘えるばかりではいけないと思うが、この件ばかりは他の誰にも相談できなかった。

「おまえの場合は最初から例外続きで、過去の文献や伝承にも参考になる事象がなかった」

「そんな……っ」

真白は泣きそうに顔を歪《ゆが》めた。

「普通はな、霊珠をとおして命名者の《気》を体内に取り込むと、安定した《力》を出せるようになるもんなんだ。俺が狼に変化する時は、この《力》を使う。《力》をストックする器はその個体によって色々違いがあるようだが、おまえの場合はそれが極端に縮まっているのかもしれない」

「縮まってる?」

「ああ、あくまで推測にすぎないが、近衛を神社に連れていった時もそうだったろう。一気に大量の《気》を与えられたはいいが、おまえの器は小さすぎて溢れてしまった。近衛と番になって直接取り込んだ《気》もそうだ。器が小さくて溜めておけない」

「だから、近衛さんがそばにいても、なんの前触れもなく狐に戻ってしまうの?」

「まあ、それしか考えようがないだろう。しかし、そう嘆くこともない。不安定なのは今だけで、ずっと近衛のそばにいれば、そのうち安定するかもしれないしな」

葛城は簡単に言うが、真白はため息をつくしかなかった。

「そうだ。おまえにひとつだけ忠告しておくぞ」

ふいに真面目《まじめ》な表情になった葛城に、真白は首を傾《かし》げた。

「さっき、《力》を溜めておく器みたいなものがあると言ったが、最低限の《力》は残しておけよ。すべてを使い切ってしまうと、人の姿を保つのが難しくなる。おまえの場合は特に注意しておかないと、取り返しがつかない事態になるかもしれない」

脅すような言い方をされ、真白は我知らず身を震わせた。

「でも、脩先生。《力》を使いすぎるって、どういうこと？」

「俺たちには、通常の人間にはない能力がある。《力》あるいは《妖力《ようりき》》とも言うが、これには個体差があって、種類もその強さもまったく違うんだ。おまえの場合はおそらく高い治癒能力を持っているはずだ」

「治癒能力？」

思い当たるふしのない真白は、小首を傾げた。

「ああ、おまえの母親がそうだった。人間として暮らしていた頃は、村人の病気をよく治してやっていた。俺がまだガキの頃だ」

「でも、ぼくの母さんは本性に戻っちゃったんだよね？」

「ああ、おまえの母親は自ら狐として生きる道を選んだ」

その話は父親代わりだった宮司《ぐうじ》からも聞かされていたが、真白はなんとなく納得のいかないものを感じていた。

「ねえ、脩先生。母さんはどうしてぼくを人間として育てようと思ったのかな？　だって自分は本性を選んだんでしょ？　だったら、そのままぼくを山で育てる道もあったと思うけど」

「詳しい経緯は俺も知らない。おまえの母親は山で暮らしていた狐、まあ妖力のある、山の主みたいなやつだったそうだが、とにかくその狐と番になる決心をして村から出ていった。だけど、このあたりの山も開発だなんだと人間が入り込むようになった。山で生きていくのは楽なことではない。おまえにはその苦労を味わわせたくなかったんだろう」

珍しくしんみりした雰囲気の葛城に、真白は頷いた。

真白には母との思い出があまりない。

生まれてすぐ、真白は天杜神社に引き取られ、母とは離れてしまった。母は真白の様子を見に、時々村へやってきたが、それも真白が五歳になった頃に途絶えてしまった。父親だという狐とともに、もっと山奥へこもってしまったのか、それとももう死んでしまったのか、その後のことは誰も知らないのだ。

「とにかく、おまえの母親には特別な治癒能力があった。おまえもそれを受け継いでいるはずだ。おまえは今までたいした怪我も病気もしなかっただろう。自分では気づかないうちに《力》を使っていた可能性が高い」

葛城にそう指摘されても、真白には今ひとつぴんとこなかった。

だが、デスクに置いた時計に目をやった葛城は、それきりで話を中断する。

「おい真白、そろそろ時間だろう。俺はこのあと往診だ。挨拶《あいさつ》に寄れたとしても遅くなる。おまえはもう行ったほうがいいぞ」

「う、ん」

真白は気乗りがしないままで、再びため息をついた。

今日、近衛のところに来客がある予定なのだ。

東京からわざわざ担当の編集者がやってきて、打ち合わせをするのだという話だった。天杜村には宿泊施設がないため、ひと晩泊めることになっている。

本当なら、その準備に追われていてもおかしくないところだが、不思議と何もする気がしなかった。

近衛のお客。近衛を訪ねてくる人。

そう思っただけで反感を覚える。

未知の人間を嫌うなど、自分でも驚いてしまうが、どうしようもなかった。

「じゃあ、ぼくもう行くね」

「ああ、俺もあとで様子を見に行ってやるから」

葛城の言葉に頷いて、真白は診療所をあとにした。

†

一台の車が土埃《つちぼこり》を上げながら近づいてきたのは、真白が診療所から戻ってまもなくのことだった。

近衛とはなんとなく顔を合わせづらく、遠くから様子を窺《うかが》っていると、車から降りてきたのは、すらりと身長の高い女性だった。おしゃれな黒のパンツスーツを着こなして、明るい色の髪をふんわりと長く伸ばしている。整った顔には嫌味のないメイク。全体的に、いかにもやり手といった雰囲気を漂わせている。

迎える近衛のほうも、今日は珍しくスーツ姿だ。

「先生、ご無沙汰《ぶさた》しております」

女性はそう言って、礼儀正しく腰を折った。

「阪野《さかの》さん、遠くまでご苦労さまです。途中、道に迷いませんでしたか?」

「いいえ、村の入り口まではナビ任せ。そこから先は聞いていたとおり、一本道でしたから迷いませんでしたよ」

やんわり答える女性に、近衛が優しげな笑みを向ける。

こっそり覗いていた真白は、胸の奥がちりちり焦げるような感覚に襲われた。

「それならよかった。さあ、中へ入ってください」

「はい、ありがとうございます」

近衛は庄屋の屋敷が自分の家であるかのように東京からの客を招き入れる。

真白は皮肉な考えを持った自分に驚いて、首を振った。

けれども、面識も何もなかった人だが、あのきれいな女性は嫌いだ。

近衛とは口もきいてほしくない。

真白はぐっと奥歯を嚙みしめながら、裏庭を伝って屋内へと入った。

どうしてこんなふうに猛々《たけだけ》しい気持ちになるのかわからないが、今すぐあの人を追い払いたいとまで思ってしまう。

「どうしたんだろ、ぼく」

真白が台所で首を振っていると、そこへひょっこり近衛が顔を出す。

「真白、悪いがお茶を出してくれ。それと、あの人には今日この屋敷に泊まってもらうから、食事の用意も頼む」

「お茶は淹れます。でも、ぼくは持っていかないから、そこで待っててください」

そっけない口調で言うと、さすがの近衛も訝《いぶか》しげな表情になった。

「どうかしたのか？」

真白は近衛と目を合わせないように横を向いたままで答える。

「なんでもないです。でも、ぼくが急に変化したりしたら、近衛さん困るでしょ？」

「真白……そういう言い方をするのはやめろ」

冷ややかに命じられ、真白はきゅっと唇を噛みしめた。

涙が出そうなのを我慢して黙り込んでいると、近衛がすっと近づいてくる。

子供を宥めるみたいに、ぽんと頭を押さえられ、真白はまたせつなくなってしまった。

悪いのは我儘《わがまま》なことを考えている自分のほうだ。

「ごめん、なさい……」

辛うじて謝ると、大きな手で髪をくしゃりと掻き混ぜられる。

「頼んだぞ、真白」

「はい」

近衛が座敷に戻り、真白は大きくため息をついてお茶の用意にかかった。

お湯を沸かしている間に戸棚から茶碗を出し、急須に茶葉を入れる。

沸騰したお湯はいったん湯冷ましに移し、それから丁寧に急須に注いだ。

塗盆の上に、茶托《ちゃたく》に載せた茶碗と急須を置いて近衛の元へと向かう。座敷に着く頃にはちょうどいい感じになっているはずだ。

真白はお盆を持って廊下を歩きながら、自分の服に視線を落とした。シャツの上にトレーナー、下は黒のジーンズ。都会的でセンスのある装いの人と比べると、野暮ったいとしか言い様がない格好だ。

今まで自分の服装はあまり気にしたことがなかったが、急に恥ずかしく思えてきた。

でも、今さら着替える時間もない。

「失礼します」

真白は廊下に膝をついて、障子戸の向こうに声をかけた。

「真白か、入れ」

中から近衛の声がして、障子戸が開けられる。

東京から来た編集者は、座布団の上ですでに膝を崩していた。

真白はじっと見つめられているのを意識しつつ座卓の上にお盆を載せ、急須から香りのいいお茶を注ぐ。

「先生、ずいぶん可愛らしいお手伝いさんですね」

「真白は、友人の弟みたいな子です。今は私の世話をしてくれている」

「そうなんですか」

「料理の腕もなかなかのものですよ」

近衛にそう褒《ほ》められて、真白はかすかに顔を赤らめた。

しかし、なんとなく違和感にも覆われる。こんなふうになめらかな物言いをする近衛は初めてだ。これもこの編集者が相手だからだろうか。

ちらりと近衛を盗み見ると、端整な顔にもきれいな微笑が浮かんでいた。

「本当のことを言うと、ひとりで運転してきたので日帰りは厳しいなと思ってました。隣の町にもホテル、あるのかどうか……ですからこちらに泊めていただけるのは、とてもありがたいです。そのうえ美味《おい》しいお料理までいただけるなんて……真白、さん？　私は阪野有実《ゆみ》。近衛先生の担当編集です。よろしくお願いしますね」

「……はい」

いきなり話しかけられて、真白は反射的に身構えた。

だが阪野と名乗った編集者は、にっこりとした笑みを浮かべる。そしてその微笑みは、真白から近衛へと移っていった。

「先生、長い間、連絡が取れなくて、本当に心配してたんですよ。それなのに、先生はこんな田舎《いなか》でのんびりなさってて、どうなることかと……」

「連絡は入れただろう」

「たった一回でしょう」

「〆切《しめきり》にはまだ間があるはずだ」

近衛にそう言い切られた阪野はほうっとため息をつく。

「でも、いきなりプロットを変更するだなんて、心臓に悪いです」

「驚かせたなら悪かった」

近衛が短く答えると、阪野はようやくお茶に手を伸ばす。そしてひと口飲んで、おやっというような顔になった。

「美味しい、ですね」

「ああ、水がいいからな。それに茶葉も無農薬の自家製だ」

近衛の口ぶりはいくぶん自慢げだ。

しかし、阪野はそれとなく本題の原稿へと話題を変えてしまう。

「送っていただいたプロットですが、今までの先生の作品とあまりに路線が違うので、どういったものが出来上がるか、もう少し詳しくお伺いできますか？」

「ああ、君がわざわざやって来たのはそのためだろう」

「では、いくつか質問があります。舞台が山里の村とありますが、この村がモデルなのでしょうか？」

「いや、この村とは限らない。架空の村だ」

「でも先生の作品ならば、必ず映画、あるいはドラマ化のオファーが来ると思います。モデルがこの村なら、撮影もここでという話だって」

「それは駄目だ。私がこの村に滞在していることも極秘にしてもらいたい」

「はあ……」

阪野は納得がいかないように眉をひそめている。

真白は座敷の隅でじっとふたりの様子を窺っていた。

本当は今すぐにでも出ていったほうがいい。ふたりとも仕事の話をしているのだから、自分などがいては邪魔になるだけだ。

それでも真白は、阪野という女性が何をするか、ずっと見張っていたかった。

ふたりはその後も、プロットの話を続けていた。近衛が大幅に執筆内容を変えたらしく、阪野はしつこく内容を確かめている。

きっときれいなだけじゃない。仕事熱心で優秀な編集者なのだろう。そばで話を聞いているだけで、近衛が彼女を信頼し、認めているのがよくわかる。

けれども真白は穏やかではいられなかった。

彼女が近衛に向けている表情がいやだ。近衛を作家としてだけではなく、魅力的な独身男性として認識している。そんな表情だ。

それに近衛が彼女に向ける微笑みもいや。

滅多に笑わないくせに、どうしてその笑みを自分以外の人に向けるのか……。

近衛が微笑みかけるなら、今すぐ彼女をこの場から追い払ってしまいたかった。

隙を突いて飛びかかり、鉤爪《かぎづめ》を立てて引っ掻いて、それから喉笛に咬《か》みついてでも近衛から引き離したい！

そこまで考えて、真白ははっと両手を握りしめた。

あまりにも攻撃的になっていて、気づかないうちに狐に変化してしまったのかと思った。

でも、手の形は人間のそれだし、鉤爪も出ていない。慌てて耳やお尻も触って確かめてみたが、変化の兆候はまったくなかった。

どうして自分はこんなにもどす黒い感情にとらわれているのだろう？

今まで知らない人を攻撃したいなんて、思ったことはない。小学校や中学校でそれとなく遠巻きにされていた時だって、こんなに激しい感情は抱《いだ》かなかった。

なんて恐ろしいことを考えてるんだ……。

自分の中に潜む野蛮さ……それは紛れもなく獣が持つ本能だ。

真白はぶるりと震え、自分の両手で自分自身を抱きしめた。

その時、阪野の改まった声が耳に達する。

「先生、三日後のパーティーは必ず出席してくださいね」

「出席は断ったはずだが……」

「いいえ、なんとしてでも出席していただきます。プロットのご相談ももちろんですが、本当は、私、先生をお迎えに来たんです。しばらく俗世間から離れていたいという先生のご希望を尊重して、今まで連絡を控えておりました。初稿が上がるまでうるさくするなとおっしゃるなら、大人しく先生からのご連絡をお待ちしています。ですから、今回のパーティーだけは出席してください。明日、私と一緒に東京へ戻っていただきますからね」

熱心に説く阪野に、近衛は渋々といった感じで頷く。

「仕方ないな……」

近衛の答えを聞いて、真白はすうっと青ざめた。

近衛が東京に帰ってしまう。

帰ってしまう。

村から出ていって、また戻ってくるなんて保証はどこにもない。

自分のように煩《わずら》わしい者がいる村に、戻ってきてくれると思うほうがおかしいぐらいだ。

†

夜、葛城が屋敷に顔を出し、遠路遥々《はるばる》やって来た阪野を歓迎するという名目で宴席が設けられた。

とはいっても出席者は三人のみだ。酒を多めに出しているだけで、いつもの夕食とさほど違いはない。

おまえも一緒に食事をしたらどうだと、近衛にも葛城にも言われたが、真白はさりげなく断って給仕に徹していた。

嫌いな人と一緒の席で食事はしたくない。それに真白は《力》を制御できていない。阪野の前で変化が始まれば、困ったことになる。

大きな座卓の上には料理の大皿が並べられていた。

近衛が村に来た初日と一緒で、近所のお年寄りから田舎料理を分けてもらい、それに真白が山菜の天ぷらなどを用意したのだ。

阪野は遠慮する様子も見せず、順に箸《はし》をつけながら、美味しい美味しいと連呼している。

そしてけっこう酒好きのようで、酔いがまわるとともに口が滑《なめ》らかになっていた。

「ほんとに、こんなステキな独身男性がふたりも山奥にこもってるなんて、もったいない話ですね。世の中の女性から恨まれますよー」

「こんな山奥まで偏屈男を口説《くど》きに来るとは、あなたも見上げた根性だ」

葛城が茶化《ちゃか》すように答えると、阪野はくすりと笑う。

葛城はもともとサービス精神が旺盛で、誰とでもすぐに打ち解けるし話題にも事欠かない。

「あら、偏屈男って近衛先生のことですか？」

「ああ、決まってるだろ」

「そうですね。先生は人間嫌いで有名でしたから、ここまで来るのに、どれだけ苦労したことか」

話しているのは葛城と阪野が中心で、近衛は時折返事をする程度だ。それでも終始にこやかにしている。

「お祭ししますよ。ほんとにこいつは一筋縄ではいかない男ですからね」

「でも、お話を聞いて驚きました。先生とは中学の頃からのおつき合いだとか」

「まあ、そうですね」

答えを聞いた阪野は、興味深そうに身を乗り出す。

「中学、高校の頃の近衛先生、どんなだったんですか？　すごく興味あります」

「こいつは当時から偏屈だったな。優等生の仮面は被《かぶ》っていたが」

そこまできて、近衛がようやく話に割り込む。

「おい、そのくらいにしておけ、葛城」

「ええー、もっと聞かせてくださいよ」

阪野は華やいだ声を上げたが、真白は空《から》になった銚子を持って、さりげなく座敷を抜け出した。

楽しそうに話す三人を見ているのがつらくなってきたからだ。

台所に戻り、調理台にお盆を置いて、ほうっと深いため息をつく。

阪野は明日、近衛を東京に連れていってしまう。

そう思うと、また凶暴な気持ちが生まれていた。

真白の中に潜む何かが、あの女を追い払え、と言っている。

荒れ狂う気持ちが抑えきれない。

いくら奥手でも、真白はようやく気づいていた。

自分はあの女性に嫉妬《しっと》しているのだ。そして獣の本能がそれに反応して、こんな凶暴な気持ちになっている。

近衛は優しいから、自分を見捨てないでいてくれる。葛城が頼んでくれたから、自分が獣であるとわかっても、お情けで抱いてくれているのだ。

だからあの女性に嫉妬するなんて、間違っている。しかも、傷つけてでも追い払おうだなんて、自分で自分が恐ろしくなるほどだ。

「真白、酒はまだか？」

しばらくして、のんびりした様子で台所に顔を出したのは葛城だった。

属する種は違っても、葛城は同族だ。いつだって真白を理解し、慰めてくれるのは葛城しかいなかった。

「脩先生、ぼくはっ……」

真白はぽろぽろと涙をこぼしながら、葛城に抱きついた。

「急にどうした、真白……何を泣いている？」

葛城は真白をふわりと抱き寄せ、宥めるように背中を叩《たた》く。

だが、その時、突然冷ややかな声がかけられた。

「真白、いい加減で葛城に甘えるのはやめたほうがいい。どんなに思いつめたところで、そいつがおまえに応《こた》えてくれることはない。だから、おまえを東京へ連れていく」

「えっ？」

真白はとっさに振り返った。

すぐそばで不機嫌さを丸出しにした近衛が仁王立ちになっている。

「近衛、おまえ……」

「それでいいんだろ、葛城？　真白は私のそばにいないと生きていけない。そう言ったのはおまえだ」

近衛は真白ではなく、まるで葛城を説得するような口ぶりだ。

真白には近衛の言葉が意味するところを理解する余裕もなかった。

「真白、さあ、こっちに来い」

近衛はそう言って、葛城にしがみついていた真白の手をつかむ。ぐいっと引っ張られ、真白の細い身体は葛城から近衛の胸へと倒れ込んだ。

「近衛、真意を質《ただ》したいのはこっちのほうだ。本気で真白をそばに置いてもいいと言っているのか？」

葛城は怒ったように腕組みをして、眼鏡の奥から近衛をにらみつける。

「ああ、本気だ。だいたい、こうなるように仕組んだのはおまえのほうだろう？　しかも十八年も前からだ。私が手を引けば真白はどうなるかわからない。いくら私でも、そこまで言われて知らん顔はできない」

「じゃあ、任せていいのか？　真白はまだ不安定で、おまえの庇護《ひご》が必要だ。この村にいればまだしも、東京で何かが起きたとしても俺は手を貸せない。その時はおまえがちゃんと真白を守ってやってくれるのか？」

「ああ、約束しよう」

そう答えた近衛はぎゅっと真白を抱きしめた。

東京へ連れていく。

近衛はそう言ってくれたのだ。

胸の奥から歓喜が溢れた。

近衛と離れずにすむ。だから、嬉しくて嬉しくてたまらなかった。

だが真白は何故か、素直にそう言うことができなかった。

こんなのは違う。正しいやり方じゃない。

「ぼくは……行かない」

真白は頬を強《こわ》ばらせながら、ぽつりとそれだけ口にした。

「なんだと？」

「真白？」

近衛と葛城は同じように眉をひそめた。

喜んで当然の場面だ。命名者のそばにいる。それは真白がこの先も人間として生きていくために、一番いい方法だった。

だからふたりとも、真白が否定したことを認められなかったのだろう。

「ぼくは東京へなんか行かない」

再び口にすると、近衛の顔には明らかな怒りの表情が浮かび、葛城は葛城で不審げな顔つきになる。

「真白、おまえ何か心配なことでもあるのか？」

最初にそう訊ねてきたのは葛城だった。

真白が首を左右に振ると、葛城はさらに言葉を重ねる。

「霊珠は持たせてやる。今はまだ不安定だが、近衛のそばにいれば、そのうちおまえの状態も安定するはずだ。それに近衛は無責任なやつでもない。何かあったとしても、必ずおまえを守ってくれるはずだ」

「でも、いやだ！　ぼくは行かないから！」

真白はそう叫んで近衛の手を振り払った。

心にあるのとまったく反対のことを言う自分が信じられない。

荒れ狂う気持ちをどうすることもできず、真白はだっとその場から逃げ出した。

「真白、待て！」

「おい、真白！」

ふたりの声を背にして、一目散に庭を駆け抜ける。

誰かが追いかけてくる気配がしたが、かまわず門から飛び出して走り続けた。

川沿いの道に出てからも懸命に走り、庄屋の屋敷を遠く離れたところまで来て、真白はようやく足を止めた。

人家の灯《あか》りも街灯もないが、折からの満月であたりは明るかった。

荒い息をつきながら、真白は川原に座り込んだ。

川の流れる音だけが響き、あとはなんの物音もしない。速い水の流れが月明かりに照らされて白々《しらじら》と冷たい輝きを発していた。

せっかく近衛が東京へ連れていってくれると言ったのに、それを断るなんて馬鹿だ。

動悸《どうき》が治まってくるにつれ、興奮状態も徐々に冷めてくる。

真白は両膝を抱え込み、力なく顎を乗せた。

近衛は義務感と同情で、ああ言ってくれただけだ。

東京から来た女性にわけもなく敵意を抱いたのも、近衛が義務感で言ってくれた申し出を断ったのも、根底にあるのは同じ理由だった。

近衛が好き。何物にも代えがたいぐらい、近衛が好き。

だからこそ、これ以上迷惑はかけられない。

だからこそ、義務や同情を寄せられているだけだとわかっていて、それに甘えることはできなかった。

そばに置いてもらい、抱いてもらうだけでは、この気持ちは満たされない。

嬉しくてたまらないのに胸が苦しくて、どうにかなってしまいそうだ。

それに東京へ行けば、あの編集者だけではなく、近衛はきっと大勢の人に囲まれているはずだ。その人たちにひどく嫉妬して、いちいち傷つけたくなる衝動が起きたら、どうすればいいかもわからない。

結局は迷惑をかけてしまうだけだ。

何よりもつらいのは、近衛の気持ちが自分と同じじゃないことだった。

好き、なのだ。近衛のことが誰よりも好き。

だから、本当は近衛と別れたくない。ずっとそばにいたい。

再び溢れて来た涙を堪えきれず、真白は顔を伏せた。

膝を抱え込み、ますます小さく丸くなって、声を出さずに泣き続ける。

どのくらいそうしていたか、背後で砂利《じゃり》を踏みしめる音が響き、真白ははっと顔を上げた。

「真白、いい加減で諦《あきら》めたらどうだ？」

「え？」

振り返ると、月明かりの下で立っていたのは近衛だった。

屋敷を飛び出した真白を散々捜し回ったのか、髪が乱れ額《ひたい》に汗が浮かんでいた。ネクタイをゆるめ、シャツのボタンも外している。

そして近衛は怒りに駆られたように真白の腕をつかみ、無理やり立ち上がらせた。

「真白、おまえがどんなに思いつめようと、応えてくれる者はいない。だからもう諦めろ。諦めて、私と一緒に来るんだ」

近衛は上から鋭く見据えてくる。

真白は必死に首を左右に振った。

「いやだ！」

「何故、言うことをきかない？　葛城に甘えているだけじゃ、どうしようもないだろう？　だから、もう諦めて私と一緒に来るんだ」

「いやっ」

真白は頑固に拒み続けた。

近衛は苛立たしげに、真白の腕をねじ上げる。

「おまえがもう私から離れられないのはわかっている。そんな身体をしているくせに、どうしようと言うんだ？」

「やだ。離して……っ」

「おまえは私のそばにいるしかない。他に選択肢はないんだ。そうだろ、真白？　おまえは私に抱かれていないと……」

上から覗き込まれ、真白は耐えきれずに涙を溢れさせた。

「そうだよ……わかってる。……ぼくはもう、近衛さんと離れられない……そばにいないと……ひっく……も、う……、人間じゃいられなくなるんだ……ひっく」

「真白、だったらどうして私を拒む？」

真白が泣き出したせいか、近衛の声は急に優しくなった。

けれど、どんなに優しくしてもらっても、真白が欲しいものは他にあった。

「それでもいい……ぼくは行かない……から……っ」

懸命に声を絞り出すと、近衛ははっとしたように息をのむ。

そうしてしばらくの間、じっと真白を見つめていたが、やがてふいにつかんでいた手の力をゆるめた。

「そうか……それほどまで言うなら、勝手にするがいい」

絞り出された声は、どこか悲しげで、真白は胸を衝《つ》かれた。

これで本当に、終わりになってしまうかもしれない。

そう思ったら、本当に悲しみが押し寄せて、涙が止まらなくなった。

霞《かす》む視界の中で、長身の背中がゆっくり離れていく。

真白は嗚咽を堪えながら、近衛を見送るだけだった。

10

近衛が東京へ帰る日、真白は朝からうろうろと村中を歩きまわっていた。

笑顔で見送ることなんかできない。

だから忙しい振りをして、ろくに挨拶さえせずに屋敷を出てしまったのだ。

真白は天杜神社の境内《けいだい》で必死に自分の気持ちを落ち着かせていた。

これでもう近衛とは会えなくなるかもしれない。

命名者の近衛とまた離れてしまう。

それは真白にとって致命的なことだ。短い間に貰った《気》では真白が一生人間でいることはできないだろう。

本性の狐に戻り、そのまま野山で暮らすことになるのかもしれない。

いくら天杜村が田舎でも、獣にとって暮らしいいかとなると問題も多いだろう。葛城や村の人たちは、真白が狐に戻っても、親切にしてくれるかもしれない。でも、狐に戻ってしまえば、そのうち人間だった頃のことを忘れてしまうかもしれないのだ。

「近衛さんのことだけは、忘れたくないな……」

神社の石段に腰を下ろし、ため息混じりに呟いていると、近所のお年寄りが鳥居をくぐってお参りに来た。

「おや、真白かい。どうしたね、こんなところで？」

「うん」

「東京からのお客さん、もう帰るんじゃろ？　見送りはいいんかい？」

「うん、見送りに行くと、泣いてしまうかもしれないから」

真白は素直に心情を明かした。

「そうか、そうか……まあ、仕方ないわな」

腰の曲がった老婆《ろうば》は、真白の事情をよく承知している。だから慰めるような口調だった。

けれど、その時、真白は何かで心臓を射貫《いぬ》かれたような衝撃を感じ、びくんと飛び跳ねた。

「くっ、う！」

どっと汗が噴き出し、全身の血液が一挙に氷点下まで下がったような感じがする。

真白は腰をくの字に曲げ、苦悶《くもん》の表情を浮かべた。

「どうした、真白？　何があった？」

老婆が驚いたように肩を揺するが、真白は呻き声を上げるだけだった。

「あ、あうっ」

「もしや、命名者に何かあったか？」

「あっ！」

老婆の言葉で、真白は唐突に理解した。

近衛だ。近衛の身に何か異変が起きた。

「婆ちゃん……」

真白は縋るように老婆を見た。

「行け、真白。今すぐ行くんじゃ」

「でも、婆ちゃん。ぼくはどうすればいいの？」

「命名者に禍《わざわい》が降りかかっておるなら、それを払ってやれるのはおまえしかおらん。とにかく、今すぐ命名者の元に向かうんじゃ。行けば、おまえに何ができるかわかるだろう。命名者はおまえに命の息吹《いぶき》をくれる。おまえはそれに応えなければならん。いいな？」

「うん、行ってくる！」

真白はそのまま駆け出そうとしたが、老婆は意外な力で真白の手を握って引き留める。

「馬鹿者。人の形《なり》で走って間に合わんかったらどうする？　変化するんじゃ」

「変化？　でも、どうやって変化したらいいかわかんない」

真白は途方に暮れるばかりだった。

すると老婆は、曲がっていた腰をぴしっと伸ばし、信じられないような速さで本殿へと入っていく。

「霊珠を使えばいい」

重々しく言った老婆のあとに続き、真白も本殿へと入った。

巨大な三方《さんぼう》がいつつ、横並びになっており、それぞれに、錦《にしき》の袋に入った霊珠がピラミッド形に積み上げられていた。

「どれがおまえのものかわかるか？」

「うん、わかる。これだ」

真白は過《あやま》たず、自分の命名に用いられた霊珠の袋を手に取った。

袋の模様は色々あるが、どれも似ている。収められているのも皆、同じ形の霊珠だが、まるで磁石が吸いつくように自分のものに手が伸びた。

「さあ、袋の紐《ひも》を口で咥えて強く念じろ。本性に戻って命名者のところまで駆けていくんじゃ」

「はい」

真白は言われたとおりに、袋の紐を口に咥えた。

そうして目を閉じ、近衛のことだけを思い浮かべる。

一刻も早く近衛の元に辿《たど》り着けるように、獣の肢《あし》がいる。二本足では越えられない山も、駆け抜けることのできる姿に変化する！

霊珠から不思議な熱が発し、それと同時に身体の中も熱くなる。

次の瞬間、真白の姿は白い狐と化していた。

†

真白は急斜面をものともせずに駆け上がった。

近衛の身に何か起きた。場所は天杜村への入り口となっている谷沿いの道だ。村へ入る道はそれ一本しかない。そこは両側に山が迫る難所だった。村の中ではゆったりだった川も、急に流れが速くなり、道路も崖《がけ》を削ってようやくとおしたような場所だ。

天杜村が過疎化したのは、そこしか出入り口がなかったことによる。

真白は道路を使わず、直接山を越えて、その難所へと出た。

老婆に言われ、袋を咥えたままで走ってきた。

軀を襲う苦痛がますますひどくなり、真白は流れの速い谷川に身を躍らせた。

近衛と編集者が乗った車は、崖から転落し、谷川に突っ込んでいた。

おそらく落石か何かが起き、運転を誤ったのだろう。必死に近づいていくと、阪野は辛うじて運転席にいたが、近衛の身体は谷川に放り出されていた。

大きな岩に叩きつけられたらしく、水の中に投げ出された身体が血に染まっている。

「近衛さん!」

真白は咥えていた霊珠の袋を横の石に置き、必死に呼びかけた。

けれど近衛は完全に意識を失っており、岩で抉れたらしい胸から、どくどくと大量の血が噴き出していた。水の中に浸《つ》かったままでは、よけいに血が失われる。

「どうしよう……どうしたらいいんだ？」

真白は泣きそうになりながら、小さな前肢で近衛の身体を揺すった。

ちらりと見た阪野はさほどひどいダメージを受けていない。とにかく近衛を少しでも早く葛城のところに運ぶしかなかった。

だが狐のままでそれを実行するのは容易じゃない。

もう一度人間の姿に戻ったほうがいいか、それとも……。

しかし悠長に構えている時間はない。

その時、真白はふいに葛城の言葉を思い出した。

おまえにはもしかしたら治癒能力が備わっているかもしれない。

葛城はそんなことを言っていた。

それなら霊珠を使って、近衛の傷を少しでも癒《い》やせるかもしれない。

まずは近衛の服を咥えて、岸までなんとか引き揚げる。霊珠を使うのはそのあとだ。

不思議なことに、やるべきことが自然と頭に思い浮かぶ。

真白は本能が命じるままに行動した。

近衛を失いたくない。その一心で、他のことはいっさい頭になかった。

真白は近衛の服を咥えて、懸命に岸辺まで引っ張った。

そうして近衛を川から運んだあと、錦の袋から霊珠を取り出して、近衛の手に握らせる。

それから一番ひどく血を噴き出している箇所の服を咥えて引き裂いた。

「絶対に死なせない！　絶対にぼくが助けてみせる」

真白は露出させた近衛の傷口をひたすら舐めた。

血が止まるように念じながら、何度も何度も丁寧に舐め取る。

「うぅ……」

近衛の口から弱々しい呻きが漏れ、心臓が破けそうなほど不安になるが、それでも絶対に助けるんだとの強い信念で、傷を癒やすことだけに専念した。

しばらくして、なんとか噴き出していた血が止まる。

けれども真白の軀は逆にぐったりとなっていた。

血は止まったけれど、一刻も早くちゃんとした治療を受けなければならないことに変わりはない。

近衛をここに置いて助けを呼びに行くか、それとも、近衛を背中に乗せて自分自身で診療所まで運ぶか。

選択肢はふたつしかない。そして真白は後者を選んだ。

離れている間に近衛の容態が急変することがあれば、また即行で治癒が必要だ。それには自分の軀を巨大化させ、近衛を背に乗せて運ぶしかなかった。

真白はすぐに《力》を集中させた。今まで自分の身をコントロールすることさえできなかったのに、何故だか完璧にやり方がわかる。

真白の躯は見る見るうちに巨大化した。

だが、たったそれだけのことで、もともと少なかった《力》が枯渇する。

真白は疲労の極みで倒れてしまいそうだったが、近衛の脇《わき》に鼻先を突っ込み、懸命に持ち上げた。

《力》が残っていないせいで、巨大化した姿が今にも解けそうになる。でも、ここで元の大きさに戻ってしまったら、近衛を運べなくなってしまう。

四本の肢にもまったく力が入らなかったが、真白は近衛を背に必死で歩き始めた。

「……真白……なのか……？」

背中で揺れる近衛が小さく呻くように呟く。

「うん」

「……おまえ、どうして、大きく……これは、夢……か？」

近衛は朦朧《もうろう》としているようで、状況を理解できない様子だ。

「大丈夫だから。ぼくが絶対に助けるからね」

真白はそう返しながら、懸命に歩を進めた。

近衛を背負っているし、自分の《力》も尽きかけている。だから山越えの最短ルートは使えない。その代わりにアスファルトをしっかりと踏みしめながら天杜村へと戻る。

歩みは遅かった。それでも一歩一歩確実に進んだ。

ひと足ごとに軀が重くなって、息をするのも苦しかった。

でも、ここで自分が倒れたら、近衛は助からないかもしれない。

絶対に、何があっても近衛を助ける。

真白はその決意だけで、辛うじて前へと進んでいった。

ようやくのことで診療所に到着し、真白はノック代わりに、頭でドアを叩いた。

「誰だ？」

中から力強い答えがあって、ほっと安堵《あんど》する。

気配を察してドアを開けた葛城は、驚愕《きょうがく》で目を見開いた。だが、次の瞬間にはてきぱきと動き始める。

真白の背から、診療用のストレッチャーに近衛を移し、すぐに診察を開始した。

「真白、同乗していた阪野さんはどうした？」

「……まだ車の中……ひどい怪我はしてないと、思う……」

「そうか、ならすぐに救急車を向かわせよう」

葛城は近衛をさっと診終わると、白衣のポケットから携帯端末を取り出した。

「こちらは天杜クリニックの葛城です。旧天杜村への道で交通事故が発生しました。至急救急車を向かわせてください」

葛城は救急車を手配すると、次には隣町にある病院へ連絡を入れる。

「こちら天杜クリニックの葛城です。交通事故に遭った患者を、そちらへ移送させてもらいたいのですが……はい、至急オペが必要です……はい、私自身が車で移送します……」

葛城が連絡を取っている間、真白は気が気ではなかった。

やはり近衛は大怪我で、診療所で手当するだけでは駄目なのだ。

葛城は連絡を終えると、患部に応急手当を施す。止血して注射を打ち、それからストレッチャーの横で座っていた真白に視線を移した。

「大丈夫だ、真白。おまえが妖力を使って血を止めてくれたお陰で近衛は助かる。危ないところだったが、おまえが頑張ったから命を取り留めた」

「……よかった……」

近衛の言葉で真白は大きく息をついた。

近衛は助かったのだ。

「だけどな、真白。おまえのほうはどうなんだ？　霊珠を使って変化したんだろう？　すでに疲労困憊《こんぱい》しているようだが、大丈夫か？　今の近衛から《気》をもらうことはできんぞ」

葛城は難しい顔で言う。

真白はゆっくり首を振った。

それと同時に、するすると軀が縮んでいく。真白の軀は、近衛を背に乗せて運んでいた時とは比べものにならないくらいに小さくなった。

しかし、人の姿には戻れそうもない。

「ぼくはいいんだ。近衛さんさえ助かるなら……」

ぼくはどうなってもいい。

真白は心の中だけでそう付け加え、遥か上になってしまった葛城の顔を見上げた。

「おまえ、《力》を使い過ぎたのか……」

葛城は真白の状態を察したらしく、痛ましそうな目で見ている。

「俺は忠告したはずだぞ」

諦めきれないように言う葛城に、真白はゆっくり首を振った。

「いいんだ。これで……。だって、近衛さんは助かるんでしょ?」

「ああ、近衛は助かる」

「だったら、ぼくはそれでいいから」

真白はそう言って、ほうっと深い息をついた。

「真白、とにかく俺は近衛を病院に運ぶ。おまえも一緒に来い」

「ううん、行かない……だって、狐のぼくを連れていったら、おかしく思われるよ? ぼくは大人しくこの村で待ってるから……」

「真白、近衛は……もう」

「うん、わかってる。近衛さんは、もうこの村には戻ってこないかもしれない。そうだよね？」

真白が諦めたように呟くと、葛城は大きな手で力づけるようにふさふさの首筋を叩く。

「そうだ。お願いがある。もう一度だけ近衛さんを見せて、脩先生。ぼく、もう大きくなれないみたいだから」

真白の願いに応え、葛城は小さな軀を両手で抱き上げた。

ストレッチャーの上に下ろしてもらい、真白はじっと近衛を見つめた。

苦しげな顔で両目を閉じている近衛に、胸がいっぱいになる。

本当はもう一度笑顔を見せてほしかったけれど、贅沢は言えない。きっともう二度と会えないだろうから、どんな近衛でも目に焼き付けておきたかった。

「近衛さん……」

真白は囁くように名前を呼び、頬をぺろりとひと舐めした。

そして、未練を断ち切るように回れ右をして、自力でストレッチャーから飛び下りる。

その瞬間、ふさふさの大きな尾が近衛の手を叩く。

近衛の手はひくりと反応したが、真白がそれを知ることはなかったのだ。

11

半年ぶりに訪れた天杜村は、一面の銀世界と化していた。

周囲を囲む山々はもちろんのこと、村の中央を流れる川や、休眠中の畑、そしてところどころに残る集落。それらがすべて雪に覆われている。

「ここでいいんですか、お客さん？」

「ああ、ここでいい。お釣りは取っておいてくれ」

タクシーが停車し、近衛は財布から一万円札を三枚抜き取って、小柄で実直そうな運転手に手渡した。

「あの、本当にいいんですか？」

過分のチップを貰って恐縮する運転手に、近衛は僅かに笑みを見せてやり、タクシーから降りた。

横付けしたのは葛城の診療所だ。「天杜クリニック」と書いてある立て看板にも、こんもりと雪が積もっている。

鈍色《にびいろ》の空からも、まだふわりふわりと綿雪が舞い降りていた。

「おい、葛城。いるのか？」

近衛は大きく問いかけながら、ドアノブを回した。

外はしんと凍りつきそうだったが、室内は充分に暖められている。

「誰かと思えば、おまえか、近衛……どうしたんだ、こんなとこまで？」

奥からぬっと姿を現した長身の男を、近衛は鋭くにらみつけた。

「おまえか、じゃないだろう。何度メールを送っても、ろくに返事を寄こさない。そのうえ通話もできないとあっては、自分で足を運んでくるしかないだろう」

「ここは電波の届かない地域なんだ。仕方ないだろう」

葛城の返答は極めてのんびりしている。

「固定のほうにも何度もかけたぞ」

「悪いな。きっと往診中だったんだ。ま、とにかくストーブにあたってくれ。今、コーヒーでも淹れてやるから」

葛城はそう言って、ダルマストーブの前の椅子を勧める。

上には大きな薬罐《やかん》がかけられており、シュンシュンと音を立てていた。

用件はわかっているはずなのに、まるで訪ねてこられては迷惑だと言わんばかりの態度だ。

「真白はどうしている？」

不快感を募らせた近衛は、直球の問いを発した。

「真白は……いなくなった」

返ってきたのは、すべてを諦めたかのようなため息混じりの声だ。

「いなくなったとは、どういう意味だ？」

すかさずたたみかけると、葛城はふいに真面目な表情になる。

「言葉どおりだ。おまえが覚えている真白は、もうここにはいない」

淡々と言われ、近衛は話の接ぎ穂を失った。

東京へ戻る途中で落石に遭い、乗っていた車が崖から墜落したのは、もう半年も前のことだ。運転席にいた担当編集の阪野は比較的軽傷ですんだが、近衛はドアから外に弾《はじ》き飛ばされて重傷を負った。

大腿骨《だいたいこつ》と肋骨《ろっこつ》三本を骨折し、他にも大小様々な裂傷や打撲。中でもひどかったのは肋骨の骨折で、肺を圧迫して非常に危険な状態だったという話だ。

近衛は意識を失っていたが、真白が駆けつけ応急手当を施してくれたお陰で命拾いしたのだと教えられた。

なのに、その真白は事故後、まったく顔を見せなかったのだ。

近衛は隣町にある設備の整った病院で、葛城に手術をしてもらい、その後、東京の病院に転院して術後のリハビリに当たった。

すぐに訪ねてこられなかったのは、病院に縛り付けられていたからだ。その間、何度も葛城に連絡を取ったが、真白の様子を訊くたびに、なんだかんだとはぐらかされてきた。

真白は命の恩人だ。それに気まずい別れ方をしたままになっている。

ずっと気にかかっていたのに、入院中に勢いで書いた作品が出版され、それが大反響となって、さらにここを訪れる日が延びてしまった。

ようやくこの目で真白の無事を確かめられるかと思ったのに、この扱いはない。

「葛城、いい加減にしてくれ。真白が生きていくには、私がそばにいる必要がある。最初にそう言ったのはおまえだろう？　もしかして、私が入院していたせいで、真白の身に何か起きたのか？　おまえの言い方は曖昧すぎてまったく意味が通じない」

近衛が腹立ち半分に言い募ると、葛城はインスタントコーヒーを入れたマグカップを、すっと押しつけてくる。

「とりあえず飲め。それを飲み終えたら、真白のことを教える」

怒ったような口調に、近衛のほうがむっとなる。

すべての情報を握っているくせに、それを小出しにしようとは許せない態度だが、この村での主導権は葛城にある。ここは大人しく従うしかなかった。

近衛は熱いコーヒーに口をつけ、思いきり顔をしかめた。

「まずい。おまえ、よくこんなものが飲めるな。白湯《さゆ》でも飲んでいたほうがましだろう」

レギュラーコーヒーしか口にしない近衛には、どろりとした液体がまったくなじめなかった。それでも我慢して最後まで飲み干し、空のカップを葛城に突き返す。

「飲んだぞ。さあ、話してくれ」

「仕方ないな……」

近衛の勢いに、白衣の葛城は大きくため息をつく。

そして、すうっと視線をそらしつつ、ぼそりと口にした。

「真白はもうおまえに会いたくないと言っている。だから、帰ってくれ」

「！」

近衛は衝撃のあまり、とっさには言い返すこともできなかった。

真白が誰よりも慕っているのは葛城だ。幼い時から葛城ひとりが真白の理解者で、だからこそ葛城を頼りとし、甘えてきたのだ。

いくら命名者という肩書きがあっても、近衛がこのふたりの絆《きずな》に割り込むことは不可能だ。

それはよくわきまえていたが、まさか、会いたくないと言われるほど、嫌われていたとは思わなかった。

真白を素直に可愛いと思い、葛城に甘える姿を見かけるたびに苛立ちも覚えていた。

まして真白は、自分の命を助けてくれた恩人だ。

それなのに、顔も見たくないほど嫌われていようとは……。

近衛は鋭い刃物で胸を刺されたかと思うほどの痛みを覚えたが、辛うじて自制した。

今はとにかく自分の気持ちより、真白の無事を知るほうが先決だ。

「会いたくないというなら仕方ないだろう……だが、ひとつだけ教えてくれ。真白は無事、なんだろうな？」

近衛は真剣な眼差しで、古くからの友人を見つめた。

しかし葛城は、まるでせせら笑うかのように口元を歪めただけだ。

「真白は無事だ。生きている。さあ、その答えで満足したなら、さっさと帰ってくれ」

これにはさしもの近衛も頭にきた。

かっとした勢いで葛城へと手を伸ばし、白衣の襟元《えりもと》をわしづかみにする。

「私は真白を心配しているだけだ。それすら迷惑だとでも言う気か？　そもそもこの件に私を巻き込んだ張本人はおまえだろう？　都合のいい時だけ、人を呼びつけておいて、いらなくなったら、真白の心配をするなとでも言いたいのか？　いい加減にしてほしいのは、こっちのほうだぞ、葛城」

溜まりに溜まっていた鬱憤《うっぷん》を晴らすように嚙みつくと、葛城の顔に苦渋の色が浮かぶ。

「そうだな……おまえが文句を言うのももっともだ。全部、俺が悪かったのかもしれん。俺はもっとおまえを信用すべきだった。おまえをもっと早くに呼んでおけば、こんなことにはならなかった。滅びゆく一族を最後まで守る。それが俺に課せられた使命だ。だから、ほんの僅かでも危険が残っているうちは、おまえを呼ぶことに踏み切れなかった」

ぶつぶつと自嘲気味に言う葛城に、近衛は眉をひそめた。

いったい、何を言いたいのか、今ひとつ内容が把握しきれない。

「真白のケースは例外続きだった。だから、ろくなアドバイスもしてやれず、最後にはあんなことになって」

「おい、あんなことって、なんだ？」

「それは教えられない」

「葛城！」

「……真白がおまえには教えてくれるなと言うんだ」

葛城は苦しげに絞り出す。

「頼む、それでも教えてくれ。いったい真白に何が起きた？　半年前、私はおまえに言ったはずだ。真白の面倒は最後までみると……。その決意は今でも変わらない。あの子がどんな状態だろうとかまわない。ずっとそばに置く。決してないがしろにはしない。真白の秘密も絶対に守りとおす。誓えと言うならそうする。だから、真白に……真白に会わせてくれ」

近衛はこれ以上ないほど真摯《しんし》に頼み込んだ。

しかし、葛城はそれでも首を縦に振らない。

「近衛……それはできない。頼むから……真白の気持ちを察してやってくれ」

絞り出された言葉に、近衛は呆然となった。

目の前に立っている男は、いつだってつかみどころがなく、いらいらさせられることも多かった。中学で出会って以来、さほど親しくしていた覚えもない。それでも、葛城は信頼に値《あたい》する男だと認めていたからこそ、つかず離れずのつき合いが続いていたのだ。

葛城の様子から、近衛はようやくひとつの答えを導き出した。

今まで自分のことしか頭になかった。

だからこそ、重大なことを見落としていた。

「真白は……もしかして、真白は本性に戻ってしまったのか？」

近衛は喘ぐように口にしたが、葛城からの答えはなかった。

†

真白は軽やかに雪原を駆けていた。

雪がやみ、いつの間にか青空が広がっている。そして冬のやわらかな陽《ひ》が、一面の銀世界をきらきらと輝かせていた。

本性に戻って半年近く。ようやく野山を思う存分走りまわることが気持ちいいと思えるようになったところだ。

栗鼠《りす》や野兎を追いかけることもあるが、まだ鉤爪を立てる気にはなれない。

空腹で倒れそうになっても、彼らの姿を可愛いと感じるだけで、自分の腹を満たす餌《えさ》とは思えない。

狐に戻ったはいいが、真白は相変わらず半端な存在だった。

幸いにも、天杜村には同類がいっぱいいる。とはいっても、人口が激減し、数えるほどの人間しか住んでいなかったが、彼らは皆、真白の理解者だった。

真白は野山で眠ることも苦手で、天杜神社の境内にいることが多かった。そしてお腹が空《す》けば、葛城の診療所や餌を提供してくれる村人のところへ行く。

姿が変わっても、安心して眠りにつける場所があり、食事にもありつける。

だから、ただ生きていくだけなら、なんの不足もなかった。心にぽっかり空いた隙間のことさえ考えずにいられれば、真白はむしろ幸せだと言わねばならないだろう。

けれども、こんなふうに思えるようになったのは、ごく最近のことだ。

初めは本当につらかった。《力》を使い果たした真白は、もう二度と普通の人間には戻れない。近衛のそばにいることが叶わなくなって、毎日泣いてばかりだった。

近衛に会えずとも、せめて遠くから姿を見るだけでもと、思いを募らせた真白は、何度東京に向けて駆け出そうとしたかわからない。

でも、そのたびに、自分の存在は近衛にとって迷惑になるだけだと、思い留まったのだ。

近衛が大好きだからこそ、どんなに胸が痛くても、我慢するしかない。

この天杜村で、近衛の幸せを祈っていればいい。

会いたくなった時は目を閉じる。

するとすぐに、ステキな近衛の姿が思い浮かぶ。そして優しく話しかけてくれたり、微笑んでくれたりした時のことも順に思い出す。

口づけられて、身体を繋げ、熱を引き出されたこともある。中でも一番いい思い出は、優しく抱きしめられたことだった。

一緒にいられたのは短い間だったけれど、真白はその人に出会えて幸せだった。

そのうち、人として暮らしていた時のことを、忘れてしまうようになるかもしれない。

それでも、その時が来るまでは、覚えていたい。

大切な大切な思い出として……。

雪原を思う存分駆け回り、真白は休息を取るつもりで、神社の境内を目指した。

が、その途中、思いがけない匂いが鼻先を掠める。

山の尾根で、真白は大きく軀を震わせた。

その拍子に、背中に積もっていた雪がぱあっとあたりに舞い散る。

真白は雪の中で肢を踏ん張り、ぴんと耳を立てた。そして大きくてふさふさの尾を、ばさっばさっと左右に振る。

白一色の世界。しかし尾根に立つ真白の後ろには真っ青な空が広がっていた。その青の背景の中に立つ優美でしなやかな獣。それが真白だ。

その人は葛城の診療所を出て、雪道を苦労しながら進んでいた。どうやら天杜神社を目指しているらしい。

真白は雪を蹴立《けた》てて、その男に近づいた。

気配を悟られない程度の距離を保って、じっと男の様子を見つめる。

トレンチコートを着て、首にはマフラーを巻いている。でも、山間《やまあい》の寒さはそれぐらいでは防げない。手袋もつけていないし、足下のブーツも雪道に合っているとは思えない。

おまけに人の少ない天杜村だ。道路はすっぽり雪に覆われ、まわりの畑と一体化している。どこまでが道路で、どこから溝なのかもわからない状態だ。

男が足を滑らせるたびに、出ていきたくなるが、真白はじっと衝動を抑えた。

もう一度、姿を見られるなんて、思わなかった。

だから、どんな姿でも目に焼きつけておきたい。本当は、そばまで飛んでいきたかったけれど、今の自分にはその資格がない。

それに、狐に戻った姿を見れば、近衛は自分自身を責めるかもしれない。

こうなってしまったのは、誰にも責任がないことだ。だから近衛には負担をかけたくなかった。

雪道をいくのは大変なのに、それでも近衛は一歩一歩進んでいく。

そして、真白は雪原に潜み、じっと観察を続けた。

近衛は雪の中に何度も倒れ込みながら、なんとか神社の鳥居をくぐる。

真白はそっと杉の木の根元に走り込んで姿を隠した。

境内に入った近衛は何かを探すように、あたりを見回す。

「真白、いるなら顔を見せてくれ。おまえに会いに来た。真白、私だ。近衛だ」

真白はドキドキと胸を高鳴らせた。

やはり、近衛は自分に会いに来てくれたのだ。だけど、こんな姿は見せられない。

そして近衛の声を聞いたせいか、軀の芯がかっと熱くなっていた。

「真白、近くにいるんだろ？　頼むから顔を見せてくれ。おまえがどんな姿だっていい。もし、白狐の姿でいるなら、それでもいいんだ」

真摯な呼びかけに、真白はますます動悸を速めた。

もう息をするのも苦しいほどだ。

「真白、おまえは私の命を助けてくれた。それなのに、お礼も言わせてくれないつもりか？　あの時、おまえが置いていってくれた霊珠、ちゃんと返そうと思って、ここに持ってきた。これはおまえに必要なものだろう？　長い間借りっぱなしにしていて悪かった。さあ、これを取りに来てくれないか？」

真白は大樹の根元で身を震わせていた。

近衛は、どんな姿になっていてもいいと言ってくれた。

「真白？　私はおまえが許してくれるまで、ここに通うつもりだ。空き家を借りれば、毎日でもここに来ることができる。おまえに色々話したいことがある。入院中に新しい小説を書いた。今までのものは暗いだけで救いのない話だったが、今度は真白とよく似た純真な若者が主人公だ。だから真白にも読んでもらいたい。もし……字が読めなくなっているなら、私が朗読しよう」

　真白は涙を溢れさせた。

　近衛の言葉が心の深いところまで染《し》み入る。

「真白……私はおまえを愛している。どんな姿だろうといい。私はおまえの存在自体を愛しく思っているのだから」

　真白はぴくりと耳を動かした。

　今のは空耳だろうか？

　近衛が大切で、近衛だけが好きで、近衛のほうも同じだったら、どんなにいいだろうか。ずっとそれだけを望んでいたから、都合よく聞き間違えただけだ。

　このまま身を潜めていれば、そのうち近衛も諦めて帰るはずだ。

　でも、いつまで経《た》っても、近衛は動こうとしない。こんな寒い中で立っていると風邪を引いてしまうかもしれない。自分と違って、近衛にはふかふかの冬毛は生えていない。

「真白、おまえが私を見ているのを感じる。これもこの神社にいるせいか？」

　近衛はそう呟いて、ため息をついた。

それから気を取り直したように言葉を続ける。

「真白、聞いてほしい。私は寂しいんだ。子供の頃に両親を亡くして以来、私は誰のことも信用せずに過ごしてきた。まわりには大勢の人間がいたが、誰ひとり信用できなかった。だから私は自分のまわりに垣根を築き、今度は自分のほうから人を避け続けた。いい年をして、馬鹿だろう？　私はこの村に来ておまえに会うまで、いや、病院のベッドでひとりになるまで、自分が寂しい人間なのだと気づかなかった」

寂しげな声に、真白のほうも胸が痛くなる。

何故、そんなことになったのか、よく理解できなかったが、近衛が感じている孤独は胸の奥までダイレクトに伝わった。

寂しそうな近衛を慰めてあげたい。自分みたいな者でも必要としてくれるなら、そばにいてあげたい。

真白の胸にはそんな欲求が芽生える。

「真白、お願いだから私のそばにいてくれ。本当にどんな姿でもいい。病院で動けなかった間、おまえのことだけ考えていた。おまえに会いたくて、ぎゅっと抱きしめたくて、たまらなかった。おまえと触れ合っていれば、私は孤独ではなくなる。だから、真白。どうか、私を許し、ずっとそばにいてほしい」

切々と訴える声に、真白はとうとう我慢がきかなくなった。

「ううう っ」

真白は低い唸《うな》り声を上げながら木の根元から飛び出した。

長い尾をなびかせて、まっしぐらに近衛に駆け寄る。

「真白！」

近衛は狐の姿でも怯《ひる》んだ様子を見せなかった。ただ両腕を大きく広げて、真白が飛び込んでいくのを待っている。

だから真白も迷わず、大きな胸に飛びついた。

「ううっ、う、ぅぅ……っ」

もう人間の言葉は話せない。それでも懸命に、ずっと会いたかったのだと訴える。

「よかった。真白だ。無事だったんだな」

近衛はそう言って、ぎゅっと抱きしめてくれる。

首筋にキスをもらい、ふさふさの体毛で覆われた背中もたっぷり撫でられて、それからまたぎゅっと抱きしめられた。

†

広い屋敷はしんと静まり返っていた。

小さな白狐を抱いて診療所に戻ると、葛城は心底呆れたような顔になった。そして、やれやれとため息をつきながら、庄屋の屋敷に泊まる許可をくれたのだ。

近衛は一時も真白を離したくなくて、カンガルーのようにコートの中に入れて、屋敷を目指した。

つぶらな瞳でじっと見上げてくる姿が可愛い。ふさふさの尻尾はコートの中に収まりきらず、外に飛び出している。それが真白に話しかけるたびにふぁさっふぁさっと動くのが愛しかった。

人間の真白も可愛かったが、白狐の真白の可愛らしさも筆舌に尽くしがたい。

難があるとすれば、声を出せないことぐらいだが、それもどうということもなかった。真白は全身で喜怒哀楽を表してくれる。だから意思の疎通を図ることに苦労はなかったのだ。

懐かしい屋敷に落ち着いた近衛は、葛城が届けてくれた夕食を、真白と一緒に食べた。そして夜は布団を敷いて、真白を抱いて中に潜り込む。

座敷は冷えた空気に包まれていたが、もふもふの真白を抱いているだけで、ほかほかと身も心も満たされた。

「真白、おまえを愛している。もう絶対に離したりしないから、ずっと私のそばにいてくれ」

近衛はそう囁きながら、優しい手つきで真白の背中を撫でた。

「くぅん」

可愛らしい鼻声に、思わず笑みを誘われながら、三角の耳の根元を掻いてやる。

真白は気持ちよさそうに、眠りについた。

そうして、近衛も心からの幸せを噛みしめながら眠りの世界に引き込まれていった。

その夜半――。

「んっ」

あえかな吐息とともに、ぎゅっと抱きつかれ、近衛は宥めるように真白の腰を引き寄せた。

寝入ったばかりで意識がはっきりしていなかったが、近衛はなんとなく違和感を覚えた。

手に触れたのはふかふかの体毛ではなく、滑らかな肌だ。

抱き込んでいた小さな狐の軀は、ほっそりとした肢体に変化していた。

「真白！」

両目を開けて確かめてみると、布団の中で抱きついているのは、やはり少年の身体の真白だった。

いかなる奇跡が起きたのか、もう二度と人間には戻れないはずだった真白は、見事に変化を果たしていた。

だが、耳はまだ獣のまま。布団の中でもぞもぞ動く尾も生えている。

「おまえを愛している、真白」

近衛は感動のままに真白の細い身体を抱きしめた。

腕の中の真白は、眠りを妨げられたことで、かすかに眉をひそめる。

そして、ふぅっと大きく胸を喘がせて息をついた。

「んぅ……？」

小さな声を漏らした真白は、近衛の脇腹のあたりに頭を潜り込ませようとしている。

可愛らしい仕草に、近衛は思わず微笑んだ。

狐の姿も可愛らしかった。もちろん人間の姿も。しかし、ふたつの要素が合わさったこの姿は本当に反則だ。

強く抱きしめすぎたのか、腕の中の真白がまたもぞりと動く。

「んぅ……。ん、この、え、さん？　どしたの？　ぼく、まだ眠いよ……」

真白の声が耳に達した時、近衛はついに涙を滲《にじ》ませた。

二度と聞くことはないと思っていた声だ。

真白が人間の言葉を話している。

とても我慢がきかず、近衛は、まだ眠いと訴えた真白を揺り動かした。

「真白、目を覚ますんだ。目を覚まして、自分の身体を見てごらん」

「んぅ……」

真白は眠そうに目を擦ったが、そのうちはっとしたように身体を硬直させた。

「……え？　ぼく、……人間に、戻れたの？」

「そうだ。これは夢じゃない。ちゃんと元の身体に戻ったんだ」

「あ……あ、ぅ」

真白は両目から涙を溢れさせ、ぎゅっとしがみついてくる。

近衛は奇跡を起こしてくれた存在に感謝しながら、しっかりと真白を抱きしめた。

胸に顔を伏せ、さめざめと泣く真白を、いつまでも抱きしめていた。

そのうち、ようやく泣き止《や》んだ真白が、涙でぐしゃぐしゃになった顔を上げる。

「ごめんなさい。近衛さんの浴衣《ゆかた》、濡れちゃった」

「そんなの、どうでもいい」

泣き笑いの顔を見せた真白に、近衛も口元を綻《ほころ》ばせる。

すると、真白が恥ずかしそうに頬を染めながら、再び顔を伏せてきた。

「ぼく、身体が熱い……人間に戻ったからかな？　近衛さんにくっついてるから？」

「どうした、真白？」

「近衛さん……近衛、さん……ぼく、身体が熱い。だから……また、してくれる？」

「ん？　何をだ？」

「だから……ぼくを、また抱いて、ほし……っ」

真白は切れ切れに訴えて、下肢を擦りつけてきた。

「お、おまえは！」

真白の言葉どおり、腿に擦りつけられた剝き出しの下肢は、これ以上ないほどに熱くなっていた。

驚きで一瞬我を忘れたが、そのあとすぐに真白に対する愛しさが身内から溢れてくる。

なんと可愛らしく、淫《みだ》らな生き物だ。

真白と番えば、直接《気》を送り込むことにもなる。

だから、遠慮などする必要はまったくなかった。

「近衛、さん……大好き」

「ああ、私もおまえが大好きだ」

可愛らしい告白に応え、近衛はくるりと体勢を変えた。

布団を撥《は》ね除《の》けて真白の上に覆い被さり、それからふっくらした両頰を手で挟んでそっと可愛らしい唇を塞《ふさ》いだ。

「ん……っ」

真白はうっとりとしたように目を閉じている。

愛しさと熱い欲求が相まって、近衛はすぐに口づけを深めた。

僅かな隙間から舌を潜り込ませ、たっぷり絡める濃厚なキスだ。

真白は胸を喘がせながらも積極的に応えてくる。

甘い口をたっぷり堪能《たんのう》したあと、近衛は敏感な首筋にも舌での愛撫を施した。

「あん……ふ、くっ」

快感に弱い真白は、それだけで気持ちよさそうな声を上げる。

ぴょこんと飛び出した三角の耳が可愛くて、近衛はそっと歯を立てて囓《かじ》ってやった。

「ひゃ……っ」

真白はひときわ高い声を出しながら、腰をくねらせる。

その拍子にふさふさの尻尾が飛び出して、近衛の腿を叩いた。

まるで催促するような動きに煽られ、近衛は早急に愛撫を進めた。

平らな胸で赤く色づく突起を口に含み、しっかりそそり勃《た》った中心を手で握ってやる。

「ああっ、あ、んっ」

真白は何をしても気持ちよさそうな声を上げる。

潤んだ目で近衛を見つめながら、愛撫を施すたびに、びくんびくんと全身を震わせた。

「真白、気持ちいいのか？」

「んっ」

真白がこぼした蜜をすくい取り、濡れた指を後孔に押し込む。

可愛らしい蕾はすぐに近衛の指をのみ込み、熱く締めつけてくる。

「真白」

長く我慢などできるはずもなく、近衛は手早く狭い場所をほぐして、自らの滾《たぎ》ったものを擦りつけた。

「近衛さんだけが、好き……っ」

あえかに訴える真白の腰を抱え直し、近衛は熱くなったもので貫いた。

「あ、ああ――っ」

最奥《さいおう》まで届かせた瞬間、真白は上り詰めていた。

だが近衛は息を継ぐ暇も与えず、行為を続ける。

一度は失ってしまったかと思った、愛しい存在をこの手に取り戻した。

その喜びだけにとらわれながら、何度も何度も真白を抱いたのだった。

†

天杜村の根雪が解け、陽射しが暖かくなってきた頃――。

真白は近衛と一緒に天杜神社を訪れていた。

朝からいい天気だったのに、鳥居をくぐったあたりで、さっと雨が降ってきた。

「真白、濡れてしまうから走るぞ」

「はい」

ダークスーツを着た近衛と手を繋いだ真白は、元気よく答えて走り出した。

近衛と再会して以来、毎日一緒にすごしたお陰か、この頃では不安定だった《力》がすっかり落ち着いた。そして真白は生まれて初めて、身内に潜む《力》を自在に操るすべを会得《えとく》したのだ。

息を弾ませながら本殿に着くと、出迎えたのは斎服を着た葛城だった。

葛城に清めてもらった霊珠を受け取り、真白は近衛と一緒に東京へ行くことになっている。

近衛は天杜村に住んでもいいと言ってくれたのだが、これには葛城が反対したのだ。

近衛はある意味有名人で、過疎の村で隠遁《いんとん》生活を送っているとなると、物見高い人間がやってくるかもしれない。

だから、おまえたちは霊珠を持って東京へ行け。

そんな話になった。

いつになく生真面目《きまじめ》な顔をした葛城が祝詞《のりと》を上げるのを、近衛と並んだ真白は厳粛な面持《おもも》ちで聞いていた。

葛城は最後に白い麻の幣《ぬさ》を振る。

「さあ、近衛、真白。霊珠を受け取れ」

三方にひとつだけ載せられた霊珠は、鈍い輝きを発している。真白はそれを恭《うやうや》しく受け取って、錦の袋に収めた。

「近衛、真白のことを頼む」

「ああ、何があったとしても真白は私が守る。約束しよう」

真摯に答えた近衛から、葛城は真白へと視線を移した。

「まったく、嫁にやる娘を見送る気分だな」

思いがけないことを言われ、真白は我知らず頬を染めた。

「もう、脩先生は、こんな時なのに冗談ばっかり」

「何を言う？　おまえは近衛のところに嫁に行くも同然だ。だいたい、今日の天気もそうだろ？　陽が射しているのに小雨が降る。こういうの、狐の嫁入りって言うんだぞ？　知ってるだろ」

いつもの調子に戻った葛城に、真白はますます赤くなった。

「真白、葛城の言うことなど聞かなくていい」

近衛が横から気遣うように言い、真白の肩を抱き寄せる。

葛城はその様子に、思わずといった感じで苦笑した。

「幸せになれよ、真白」

「ありがとう、脩先生」

真白は丁寧に礼を言い、それからただひとりの命名者、愛する近衛へと微笑みかけた。

これから何が起きるかわからない。

でも、近衛がそばにいてくれるなら、怖くはない。

そして、自分もまた近衛をしっかり守っていきたい。

そう、心に強く誓いながら――。


―了―

子狐の新婚生活

車窓を飛ぶように過ぎていく景色に、真白《ましろ》は目を丸くしどおしだった。

天杜《あまと》村から出る時は葛城《かつらぎ》の運転するワゴン車だったが、隣町で近衛《このえ》が手配した高級車に乗り換えて、東京を目指していた。

高速道路というものに乗ったのは生まれて初めてで、一度にこんなたくさんの車が走っているのを見るのも初めてだ。

遠くに見えた峰が見る見るうちに近づいて、トンネルを抜けたら、今度は山がどんどん後方へと離れていく。空の雲も次々に形を変え、鳥が飛んでいる姿を確認する暇さえない。

風を切って駆けていく時の清々《すがすが》しさは感じられないけれど、真白は初めての体験に興奮を抑えられなかった。

「真白、大丈夫か？　気持ちが悪くなったりしてないか？」

隣で優しい声がして、真白はようやく窓から近衛へと視線を移した。

心配そうに真白を見ている瞳《ひとみ》には、慈愛の光が溢《あふ》れている。

「大丈夫。平気」

真白は愛する人に、にっこりとした笑みを向けた。

近衛は大切な命名者。そばにいてもらうだけで満たされる。肩をそっと抱き寄せてもらえば、胸の奥がほっこりと温かくなった。そのうえ近衛が所持するバッグには、霊珠《れいしゅ》も入っている。

近衛を救うために《力》を使い果たし、真白はずいぶん長い間、本性《ほんせい》に戻ったままだった。近衛が村まで迎えに来て、ようやく人の姿を保てるようになったが、いつまた発作的に白狐《びゃっこ》に変化《へんげ》してしまうとも限らない。何故《なぜ》か耳と尻尾《しっぽ》だけが狐《きつね》というおかしな具合になることも多々あって、真白は安心して人前に出られるような状態ではなかった。

東京へ向かうのに電車を使わなかったのも、近衛の配慮だ。

運転しているのは実直そうな初老の男で、古くから近衛家に勤めていたとのこと。近衛が信頼する数少ない人間だとも聞いていた。運転席と後部席との間にはちゃんと仕切りもあるし、万一のことを考えて、真白は大きなフード付きのコートも羽織っている。

だから、不安なことなど何ひとつなかったのだ。

「外の景色が珍しかったのか？」

「うん、映画を見てるみたいだった」

真白は甘えるように近衛の肩に頭を乗せた。

「真白は、村と隣町、それしか行ったことがないのか？」

「そうだよ？　ずっとあそこで暮らしてたから」

「都会が怖くないか？」

「ううん、怖くない。近衛さんがいてくれるから……」

そう答えたものの、真白はふいに眠気を感じてまぶたを閉じた。

車に乗っているのは怖くなかった。むしろ規則的な振動が気持ちいい。それに、近衛に身を預ける心地よさも眠気を誘う。

そうして、真白はいつの間にかすうっと眠りの世界へと入っていた。

しかし、それから一時間ほどして、真白はその心地よい眠りを妨げられた。

鼻先を掠《かす》める雑多な匂《にお》いが、無視できないレベルになっていたからだ。

目を閉じていてもわかる。東京に近づくにつれ、行き交う車の数が増えてきた。一台、二台ならどうということもなかったが、数が増えるとガソリンや排気ガスの臭《にお》いがたまらない。

それに、恐ろしく建物も増えてきた。その建物から、塗装や食べ物、他にも色々と入り混じった嫌な臭いがしてくる。

中でも一番ひどいのは、人間の臭いだった。何百、何千、何万……どれだけいるかわからない。いちどきに襲いかかられると、気が遠くなりそうだ。

「んん……っ」

真白は低い呻《うめ》きを漏らし、近衛の胸に顔を埋《うず》めた。

するといっぺんに不快な臭いが薄れ、近衛の匂いだけに包まれる。

これなら安心だ。

真白はうっすらと微笑《ほほえ》みながら、ますます強く近衛にしがみついた。

「真白？　……まだ寝てるのか。あどけないものだ。まったく……人の気も知らないで」

優しい声とともに、ふわりと抱きしめられるのを、真白は夢の中で認識した。

†

近衛の住まいは都心にある高層マンションだった。

しかし真白は、この広い部屋に運び込まれてきた時の記憶がない。

長時間のドライブで疲れたのと、雑多な臭気にあてられたせいで、気を失ったも同然の状態になっていたからだ。

幸いにも、マンション内は近衛の匂いに満たされているので、外の臭気にやられることもない。

翌朝、ベッドで目覚めた真白は、近衛を心配させてしまったことを大いに反省し、元気に活動を開始した。

「近衛さん、ぼく朝食を作るね」

「真白。まだ寝ていたほうがいいんじゃないか？　動き回るとまた気持ち悪くなるぞ？」

心配そうに訊《たず》ねられ、真白はゆるく首を振った。

「もう平気。昨日、調子が悪くなったのは、慣れてなかっただけだから。ここなら近衛さんしかいないし、平気だよ？」

「本当か？」

近衛は両方の掌《てのひら》で真白の頰《ほお》を包み、真剣に覗《のぞ》き込んでくる。

視線が合っただけで、心臓がドキドキした。

近衛はシャツとスラックスという軽装だが、誰よりもステキだから、いつだって見惚《みと》れてしまう。また発情期みたいに見境なく抱いてほしくなったら恥ずかしい。

真白は触れられた頰を赤く染めながら、近衛の手からするりと逃げ出した。

庄屋の屋敷ほどではないが、ずいぶんと広いマンションだ。

Tシャツにジーンズを穿《は》いた真白は素足のままで、フローリングの床の上を歩き出した。

「近衛さん、お台所はどこ？」

「その突き当たりのドアだ。食材はある程度揃《そろ》えておいてもらったが、色々勝手が違うぞ」

近衛はそう答えつつ、ゆったりあとについてくる。

教えられたドアを開けた瞬間、真白は歓声を上げた。

「わぁ、すごくきれいだね。全部ピカピカだ」

そこは、真白が持つ台所の概念とはまったく違った場所だった。

左右の壁面が全部造りつけの棚。真ん中に置かれたテーブルにも抽斗《ひきだし》がついている。奥はガラス張りで採光は充分に行き届いていたが、流し台もガス台も見当たらない。

「ねえ、流しはどこ？」

真白は若干不安になって、背後の近衛を振り返った。

「ああ、シンクは中に組み込まれている。蓋《ふた》を開けるのに必要なスイッチはここだ」

近衛はそう答えながら、棚の一部を押した。

パタンと開いたのは二十センチ四方ほどの蓋で、中にはいくつかのスイッチと丸いボタンが並んでいた。

真白が教えられたボタンを押すと、小さな振動音とともに、壁面が迫《せ》り上がっていく。

「うわ、すごい」

中から現れた流しを見て、真白は再び歓声を上げた。

近衛は他のスイッチも順に押す。するとガス台や調理台も現れて、やっと真白にもそれとわかる台所になる。

「全部電動だから、使い方がわからないだろう。無理しなくていいから、今日は見ているだけにしたらどうだ？」

近衛はそう声をかけながら、シャツの袖《そで》を捲《まく》り上げる。

それでも真白は首を左右に振った。

「ぼくにやらせて？　ぼく、いろんなこと、早く覚えたいから」

ずっと近衛のそばにいていいなら、少しでも役に立ちたいと思う。

難しいことはできそうにないので、家事ぐらいはこなしたい。

近衛は、真白の真剣な気持ちを察したように、口元をゆるめる。

「わかった。それなら全部、教えよう」

「ありがとう」

真白はにっこりと微笑み返した。

近衛は面倒がらずに、冷蔵庫や食器棚の場所を順番に教え、ついでに朝食用の食材も揃えてくれた。

留守の間の管理を専門の業者に頼んであったようで、帰る日に合わせて食材が補充されていたのだ。

流しの横の調理台に、大きな瓶に入った牛乳、フランスパン、バターやジャムなどが並べられる。

「コーヒーはカフェオレがいいんだよね?」

真白はそう訊ねながら、牛乳瓶の蓋を開けた。

「ああ、真白がそれでいいなら」

「うん、ぼくもカフェオレ、好き」

朝のコーヒーはカフェオレ。天杜村で知った近衛の好みだ。和風の朝食の時も、近衛はカフェオレを飲んでいた。

真白はコーヒー用のお湯を沸かそうと、ステンレスの薬罐《やかん》を手に取った。

「真白、コーヒーはマシン」

近衛に声をかけられたのと、蛇口に手を伸ばしたのがほぼ同時。

「うわーっ！」

いきなり温かいお湯が迸《ほとばし》り、真白は悲鳴を上げて飛び退《の》いた。

薬罐を放り出した腕で、調理台の上にあったものを全部なぎ払ってしまう。

「真白！」

驚いた近衛がすかさず抱き留めてくれたが、あたりはすでに惨憺《さんたん》たる有様だった。

蓋を開けた牛乳瓶が倒れ、服はびしょびしょ。床にも白い水溜《みずた》まりができている。ジャムやバターは無事だったようだが、フランスパンもぐしょぐしょに濡《ぬ》れてしまった。

「うわ、どうしよう。ごめんなさい。ぼく、ごめんなさい」

「真白、怪我《けが》はないか？　真白？」

近衛は盛んに心配してくれたが、真白は情けなさで涙を滲《にじ》ませた。

「ぼくは大丈夫。でも、ごめんなさい。いきなりお湯が、出てきたから……っ。ぼく、何も知らなくて……なんでもできるようになりたいって思ったのに、お湯ぐらいでびっくりして、ほんとにごめんなさい」

「馬鹿だな。おまえが悪いんじゃない。センサーがついていると、先に教えなかった私が悪いんだ」

近衛は真白を抱き寄せ、ぽんぽんと宥《なだ》めるように背中を叩《たた》く。

「ぼく、汚れてるのに、近衛さんまで濡れちゃうよ」

真白はそう言いながらも、近衛の胸に甘えるように顔を伏せた。

「仕方ない。朝食はしばらくお預けにして、先にシャワーを浴びることにしよう。いいな?」

「……はい」

小さく頷《うなず》くと、近衛の腕がするりと腰にまわる。

そして真白は、完璧《かんぺき》にエスコートされながら、風呂場へと向かったのだ。

風呂場。そこも真白には信じられない場所だった。

風呂は薪《まき》、あるいはプロパンガスで焚《た》くものだ。そう刷り込まれている真白には、自動でお湯が出てくる現象が魔法のように感じられる。

しかも、湯船にはたっぷりお湯が張られていたのだ。二十四時間、いつでも風呂に入れるようになっていると聞かされ、真白は内心で大きくため息をついた。

何もかも勝手が違いすぎて、もう頭がパンクしそうだ。

「さあ、ちゃんと湯船に浸《つ》かったほうがいいな」

近衛は真白の服を脱がせると、自分もさっさと身につけたものを脱ぎ落とす。

逞《たくま》しい裸身をちらりと目にしただけで、真白は恥ずかしさで真っ赤になった。

成り行き上、仕方ないとはいえ、ここでまた発情してしまったら恥ずかしすぎる。

庄屋の屋敷の檜風呂《ひのき》ほどではないが、湯船はふたりで浸かっても充分な大きさだった。

「真白、さあ、肩まで浸かって」

「う、ん」

背中から抱かれるみたいな格好で湯に浸かると、またいちだんと羞恥《しゅうち》が増す。

「真白、このマンション、おまえには合わないようだから、もっと広い場所に引っ越すことにしよう」

思いがけない言葉に、真白は慌てて振り返った。

「えっ、そんな……ぼく、平気だから。ちゃんとできるように頑張るし。だから、そんな無理はしないで。お願い」

懸命に訴えたが、近衛は宥めるように真白の頭をかかえ込んだだけだ。

「心配することはない。私が生まれた屋敷がそのまま残してある。郊外にあるから、ここより多少は空気がいいだろう。敷地も広くて木立《こだち》に囲まれている。何もかも天杜村と同じようにはいかないが……」

「でも、ぼくのために、そこまで……」

優しい言葉に真白は泣きそうになった。

目を潤ませると、近衛がきれいな微笑を見せる。

「おまえと私は番《つがい》になったのだろう？　真白は私のところに嫁に来たも同然だ」

「こ、近衛さんっ、あれは脩《しゅう》先生がふざけて言っただけでっ、だ、だいいち、ぼくは牡《おす》だし、近衛さんだって、男だしっ」

真白はかっと頬を染めながら、言い募《つの》った。

「なんだ、真白は私の花嫁になるのは嫌なのか？」

「嫌とかじゃなくてっ」

必死に言い返した真白に、近衛がふいに真剣な表情になる。

「真白、耳……」

「え？」

「耳が変わってきたぞ。尻尾もだ」

「嘘《うそ》、そんな……お風呂に入ってるだけなのに」

真白は慌てて自分の耳に手をやった。

いつの間にか、耳の形状が変わっている。それに、近衛と自分との間に、むくむくと生えてきたものもあった。

「感情が高ぶると出てくるようだな。それともまた発情したのか？」

「やだ、違うからっ」

湯船にふたりきりで浸かっている状態なのに変化した。それを発情したせいだと言われ、さらに恥ずかしくなる。

必死に顔をそむけると、すっと近衛の手で顎《あご》をとらえられる。

噛《か》みつくように口づけられたのは、その直後だ。

「んんぅ……っ」

舌を挿し込まれ、たっぷり根元から吸い上げられると、いっぺんに身体中《からだじゅう》熱くなった。

キスされただけで、真白の中心は張りつめていた。そこを近衛の手で弄《いじ》られると、もう我慢がきかない。そのうえ近衛は濡れた尻尾まで思わせぶりに撫《な》でてくる。

「やっ、ああっ」

「なんだ、真白は尻尾も性感帯か」

「やん……ぅ、くっ……は、ふぅ」

そこから先はもう何をどうされたのか、はっきり記憶している暇もなかった。

後孔も散々弄られて、最後には逞しい近衛自身を深々と受け入れる。

「おまえはほんとにいやらしくて可愛《かわい》いな」

「やっ、近衛、さんの……い、意地悪……っ、あ、ああっ」

真白と近衛との前途多難な新婚生活は、こうして始まったのだった。


——お終い——

あとがき

こんにちは、秋山みち花です。【真白のはつ恋　子狐、嫁に行く】をお手に取っていただき、ありがとうございました。「目指せ、ケモ耳&もふもふ」なお話でしたが、いかがだったでしょうか?

実を言うと、本作のプロットを考えたのは三年ほど前になります。その当時、すでに「ケモ耳&もふもふ」は市民権を得ておりましたが、可愛い子狐が受け主人公という話は、少なかったように思います。タイトルは「子狐の嫁入り（仮）」。「ケモ耳〜、ケモ耳〜。可愛い話、書くぞ〜」とはりきっていたのですが、初稿を半分ほどアップさせた時点で、諸事情により執筆を中断することとなりました。そして今回ルチル文庫さんで、高星先生にイラストをつけていただけることになり、はたと世の中を見てみたら、もう大変。いつの間にか、まわり中、ケモ耳だらけ、もふもふだらけ、狐ちゃんもいっぱいいるよ〜、なんてえらいことになってました（笑）。

ケモ耳&もふもふ、大好きなので、この傾向は大歓迎です。しかし、さすがに「子狐の嫁入り（仮）」というタイトルは使えなくなりました。そこで担当様のご協力のもと、必死にない知恵を絞り、最終的にはいつもどおり編集部の皆様にアンケートを取っていただいて、ようやく【真白のはつ恋　子狐、嫁に行く】で決定となったわけです。

とまぁ、色々ありましたが、可愛い三角お耳とふわふわ尻尾の真白ちゃん、高星先生のイラストを拝見した時はもう狂喜乱舞でした。カバーのラフ、今回採用にならなかったものもすごく可愛くて、読者様にお見せできないのがとっても残念。これこそ作者特典ですね。BLのお仕事していて、ほんとによかった～。

高星先生、本当にありがとうございました！

そして、少し先になるかと思いますが、この「ケモ耳&もふもふ」は、次も書かせていただくことになっております。今のところ第一候補は狼かな。他にもどういう動物のもふもふがいいか、リクエストなどありましたら、どしどしお寄せくださいね。お待ちしております。

いつも以上にご苦労をおかけした担当様、編集部の皆様、制作に携わっていただいた方々も、ありがとうございました。

最後になりましたが、いつも応援してくださる読者様、そして本書が初めてという読者様にも、心よりの御礼を申し上げます。ありがとうございました。次の作品でもお会いできれば嬉しいです。

秋山みち花　拝

✦初出　真白のはつ恋　子狐、嫁に行く……………書き下ろし
子狐の新婚生活……………………………書き下ろし

秋山みち花先生、高星麻子先生へのお便り、本作品に関するご意見、ご感想などは
〒151-0051 東京都渋谷区千駄ヶ谷 4-9-7
幻冬舎コミックス　ルチル文庫「真白のはつ恋　子狐、嫁に行く」係まで。

幻冬舎ルチル文庫

真白のはつ恋　子狐、嫁に行く

2014年2月20日　第1刷発行

✦著者　秋山みち花　あきやま みちか

✦発行人　伊藤嘉彦

✦発行元　株式会社 幻冬舎コミックス
〒151-0051 東京都渋谷区千駄ヶ谷 4-9-7
電話 03(5411)6431[編集]

✦発売元　株式会社 幻冬舎
〒151-0051 東京都渋谷区千駄ヶ谷 4-9-7
電話 03(5411)6222[営業]
振替 00120-8-767643

✦印刷・製本所　中央精版印刷株式会社

✦検印廃止

ISBN978-4-344-83065-3　C0193　Printed in Japan